徳間文庫

名探偵はひとりぼっち

赤川次郎

徳間書店

目次

名探偵はひとりぼっち

1　ひとりぼっちの駆け落ち

君、駆け落ちってしたことあるかい？　ない？　そうだろうな。あれは相手がなきゃできないもんだからね。

じゃ、家出ぐらいなら？——ある、って人も多少はいるんじゃないか。

まあ、ぼくだって別に家出や駆け落ちをすすめようってわけじゃない。しなくてすむなら、あんなことするもんじゃないよ。なぜって——場合によっちゃ命がけのものなんだ。ちょいと親をおどかしてやろうとか、小遣《こづか》いを値上げさせてやろうなんて甘い考えでやらかしたら、こいつはもう後悔すること疑いなしだ。

もし、そんなことを考えてる奴《やつ》がいたら、悪いことは言わない。さっさと思い直して、ボストンバッグに詰めた物を元へ戻すんだね。

しかし、本当に、どうしても家を出ないわけに行かない事情があって、もう仕度《したく》もすんじまったっていうんなら……。もう止めやしない。その代り一つ忠告しとこう。家を出るのは昼間が一番だ。これは絶対だよ。君たち、家出とか駆け落ちっていうと、何となく夜中にこっそり足音忍ばせて行かなくちゃいけないと思ってんじゃないか？

何たって、家出は昼間に限るよ。そう。——このぼくだって、あの日、家を出たのは、昼の午後一時だったんだからね。


そもそもは本当につまらないことだったんだ。ちょうど学校の昼休みで、ぼくは校庭の隅《すみ》の木陰《こかげ》に座っていた。

そうそう。ぼくの名は酒井健一《さかいけんいち》。N高校の、そのときは一年生だった。時は十月。中間試験も終って、みんなのんびりと休み時間を楽しんでいた。

ぼくはそいつが声をかけて来るまで、全然気が付かなかったのだ。

「酒井君、何してんだい？」

ぼくはあわてて、読んでいた本をお尻《しり》の下へ隠した。

「何だ、鶴田《つるた》か……」

「どうしたの？　泣いてるじゃないか？」

鶴田は生っ白い女の子みたいな男だったが、やたら人の世話を焼きたがることお節介なことにかけても、女の子顔負けだった。

「う、うん……」

「どうしたの？　酒井君が泣いてるのなんて初めて見たよ」

「いいだろ、泣いたって」

ぼくはプイとそっぽを向いて、涙を拭《ぬぐ》った。

「――ね、どうしたのさ？　ぼくで役に立つことがあったら言ってよ」

この馬鹿《ばか》、あっちに行け！　ぼくはそう心の中で怒鳴《どな》ったけれど、こういう鈍感な奴にはまるで通じないんだ。

「ねえ、本当だよ、ぼくにできることなら力になるから」

鶴田はしつこく言っている。こっちはもう早く一人にしてくれという気持だった。

どうして泣いてる、って訊《き》かれてもクラスでもスポーツ万能の、男の中の男として、全女子生徒憧《あこが》れの的——ってのはオーバーかな。ともかく、この酒井健一が、本を読んで泣いてたなんて、口が裂けたって言えるもんか！

実際、ぼくはいくらけんかで殴《なぐ》られたって涙一つこぼしたことはないが、悲しい本や映画にはイチコロなのである。

このときは、十七歳で不治の病に倒れた少女と、それを励ます同級生のボーイフレンドの実話を読んでいて、ちょうど少女が長い苦しい闘《たたか》いの果て、安らかに死を迎えるクライマックスだったのだ。

これを読んで泣かない奴がいたら、そいつは血管にサイダーが流れてるに違いない。いや、そんなことはどうでもいいんだけど、ともかく、そんなことをクラスの連中に絶対に知られるわけにはいかなかった。

しかし、鶴田の奴は一向に動こうとしない。ともかく、ぼくから話を聞くまでは、てこでも動かない、って感じだ。

頭へ来たぼくは、ふっと、鶴田をからかってやろう、と思い付いた。

「実はね……これ、絶対内緒《ないしょ》にしてくれるかい？」

とわざと深刻ぶった顔で声をひそめる。

「命にかけて誓うよ」

鶴田の方は真剣そのものだ。ぼくは、吹き出したくなるのをこらえて、

「好きな女の子がいるんだ。ぼくらは愛し合ってる。ところがぼくの親も向うの親も、交際を全く認めてくれないのさ」

「ただの交際も？」

「そうなんだ。彼女は――」

そこでぼくはそのでっち上げの恋人を詳しく描写してやった。色白でほっそりした、いつも少し悲しそうな目をした美人で、髪は流れるように肩へ落ちている。

まあ、あんまり独創的な描写ともいえないが、ともかく鶴田がそれを真《ま》に受けているのは確かだった。

面白《おもしろ》くなったぼくは、お尻の下にある本の設定をちょっと拝借することにして、

「ところがね、彼女がやっと打ち明けてくれたんだ。彼女は不治の病で、あと半年の命だと言うんだよ」

鶴田は胸が一杯で何も言えない様子だ。ぼくは続けた。

「ぼくとしては、どうせ助からないのなら、せめてそれまでの半年間だけでも、二人きりで暮して、彼女を幸福にしてやりたい。分るだろう？」

「うん、分るよ」

と鶴田が熱心に肯《うなず》く。

「ところが彼女の両親に言わせると、そんなことをすれば、寿命を縮めるだけだ、と言うんだ。しかし、ぼくは彼女にほんのひとときでも、充実した時を与えてやりたい。そして一緒に死んでもいいとさえ思ってるんだ」

「ほ、本当かい？」

「当り前さ。君は人を愛したことがないのかい？」

「うん……ブロマイドに恋したことはあるけどね」

「話にならないな。――ぼくは彼女と二人で、人のいない静かな山の中で、手を取り合って死ねたら、こんなに幸せなことはないよ！」

我ながら、よくやるよ、と思った。鶴田の方が今度は涙ぐんでいる。割と単細胞だな、こいつも。

「な、だから一人でそっとしておいてくれないか」

とぼくは言った。「色々考えたいことがあるんだ」

「う、うん……。分ったよ」

と立ち上ると、「君は偉いなあ、酒井君」

とすっかり感激の様子。

その後ろ姿を見ながら、ぼくは思わず笑い出してしまった。ちょいといたずらが過ぎたかな。まあ、いいや。

あんな話、まともに信じる方がどうかしてるんだ。

ぼくは、尻の下から本を取り出して、また読み始めた。

——このことは次の日には、いや、その日の帰りにはもうきれいさっぱり忘れてしまっていた。

何となく、クラスの中の雰囲気《ふんいき》が妙だな、と思い始めたのは、それから一週間ほどたってからだ。といって、別に表面立ってどうこうというのではない。

ただ、何となく、クラスの連中の、ぼくを見る目がおかしいのである。何だか同情するような、というか、哀れむようなというか、病人でも眺めているような目つきなのだ。

気のせいかな、と大して心に止めなかったのだが、どうもおかしい、と本気で思い始めたのは、休み時間に、おしゃべりしている女たちへ声をかけたときだった。冗談を言っても、誰《だれ》も笑わずに、じっとぼくの方を見つめているのだ。

「——何か顔についてるかい？」

と訊くと、女たちは顔を見合わせ、そして一斉に席を立って、あっちへ行ってしまった。

　こいつはただごとじゃない、とショックを受けたのも当然だろう。

　午後の最後の授業のときだった。どこからともなく、紙つぶてが飛んで来て、ぼくの机の上に落ちた。そっと広げてみると、誰のか分らない字で、

〈放課後、体育館の裏へ来い〉

とあった。――体育館の裏は、ちょっとした空地になっていて、ケンカ、決闘の類《たぐい》はそこでやるのが通例になっている。

　挑戦されて逃げやしないが、さっぱりケンカする相手の心当りがない。しかしまあ行けば分るだろう、とぼくは呑気《のんき》に考えていた。

　放課後、少し時間を置いてから、ぼくは体育館へ向った。相手が誰か、何人なのかも分らないのだから、用心に越したことはない、とポケットに石ころを一つ入れていた。

　さあ、誰が待ち構えているか……。

　不意打ちを食わないように、慎重に体育館のわきを回って、裏の空地を覗《のぞ》いたぼくは仰天《ぎょうてん》した。――そこには、クラスの全員が顔を揃《そろ》えていたのだ。男だけではない、女も全部いる！

どうなってるんだ、これ？　いくら何でも、クラス全員にリンチされる覚えはない！

呆気《あっけ》に取られていると、クラス委員で優等生の佐伯秀子《さえきひでこ》がぼくの方へ進み出て来た。

「びっくりしたでしょ、酒井君」

「何だい、一体？」

「これ、私たちのカンパしたお金よ」

と、佐伯秀子は、封筒を差し出した。

「七万円ちょっとあるわ。受け取ってちょうだいね」

「カンパだって？　一体何のカンパさ？」

一つ咳払《せきばら》いして出て来たのは、鶴田だった。

「酒井君。君との約束を破って、申し訳ない。でもね、黙っていられなかったんだ」

「私たち感動したわ」

と佐伯秀子が言うと、クラスの女の子たちが一斉に肯く。「断然、酒井君と、その薄幸《はっこう》の彼女の恋を実らせてあげようって決議したの」

やっとぼくは思い当たった。鶴田の奴、あの話を真に受けて……。

「酒井君」

佐伯秀子は、金の入った封筒をぼくの手に押しつけて、「彼女と逃げるのよ！　そしてほんの何日かの間でもいいから、彼女を幸せにしてあげて」

ぼくは何とも言いようがなかった。あれはでたらめだったんだよ、なんて、到底言えるムードじゃなかった。女の子たちはすすり泣いてるし、男たちはと言えば、一人一人寄って来て、ぼくの手を握りしめる。

「見つかるなよ」

「できるだけの手伝いはするからな」

「天国へ行けよ」

なんて奴までいる！　ぼくは幻《まぼろし》の恋人と駆け落ちして、心中しなきゃならないはめになったのだった。

2　拳銃《けんじゅう》とナイフと……

その三日後、ぼくは朝一旦《いったん》家を出て、学校へは行かず、十二時になるのを待って家へ戻った。いつも母がお茶の会で出かけて、夜まで帰って来ない日だったのだ。

ぼくは、スポーツバッグに必要な物をつめると、ため息をつきつき家を出た。

全く馬鹿らしいとは承知の上だが、他にどうしようがあっただろう？

金は受け取らされちまったし、そんなぼくが行方不明になるのを、今か今かと待っているのだ。今さらどうして嘘《うそ》だったなんて言えるだろうか。

彼女が急に死んじまったってことにしようかとも思ったが、そうなれば、女の子たちは葬式に出ると言い出すだろう。後追い自殺でもさせられたらたまらない！

ともかく二、三日家出して来なくては、どうにもおさまりがつかない、という結論に達し、早速行動に移したというわけである。

玄関を出て表通りに来ると、ぼくは、佐伯秀子と鶴田がそこに立っているのを見て驚いた。

「おい、何してるんだ？」

「私たち、クラスの代表なの」

と佐伯秀子が言った。「あなたと彼女が無事に出発するのを見届けて帰ることになってるのよ」

「冗談じゃない！　いや――大丈夫。気持は嬉《うれ》しいけどね、君ら、授業中じゃないか」

「大丈夫。ちゃんと早退届、出して来たわ。どこで彼女と落ち合うの？」

「ん？　それは……上野《うえの》駅だよ、むろん」

何となく、駆け落ちというと、新幹線や山手《やまの》線《て》より上野駅の方がぴったり来る。まあ、別にこれって理由があるわけじゃないけどね。

「上野駅まで送っていくわ」

いくらいいと言っても、聞こうとしない。ついにこっちも諦《あきら》めて、共に上野駅へと向った。

「――この辺で待ち合わせたんだ」

広い丸天井のホールは、人でごった返している。

「捜したら？」

「いや、大丈夫。来るさ。――君たち、どうもありがとう。もうここでいいよ」

「いや、見届けるって約束だから」

と鶴田の奴、変な所でこだわっている。

畜生！　こんなことになったのもお前のせいだぞ！

ぼくはそう怒鳴りつけてやりたかった。

「でも、鶴田君」

と佐伯秀子が言った。「私たちがいちゃ、彼女、姿を見せないかもしれないわよ」

「あ、そうか」

「それじゃ酒井君、私たち、あっちから見てるわ。頑張《がんば》ってね！」

何を頑張るんだい？　全く、やり切れないよ。——あの二人、ずっとこっちを見張ってる気だな。いくら待ったって、誰も来やしないのにさ。

仕方ない。あいつらが諦めて帰るまではここで粘らなくちゃ。一応腕時計などを見て、遅いなあ、ってな顔して見せる。

もちろん誰も来るはずが——

「ごめんね、遅くなって！」

と声がして、振り向くと、水色の薄いコートをひっかけた、すらりとした色白な少女が立っていた。ちょっとひ弱そうな感じのする、しかし思わず目をひきつけられる美人には違いない。髪が長く肩へと落ちて、要するに、ぼくのでっち上げた恋人像と、ほぼ完璧《かんぺき》に一致するのだ。

ぼくはしばらく目を閉じては開いて、それをくり返した。しかし、どうやら彼女は幻ではないらしい。それにしても、「遅くなって」とはどういう意味だろう！

周囲を見回しても、彼女が話しかけている位置にいるのはぼくだけだ。

「何をキョロキョロしてるの？」

と彼女は微笑《ほほえ》みながら言った。

「う、うん……。あの、君は……」

「大分遅れちゃったわね。あ、私、荷物をね、コインロッカーに入れてあるの。一緒に取りに行きましょう」

「ねえ、君――」

とぼくは言いかけたが、待てよ、と思い直した。この光景を、鶴田と佐伯秀子が見ているはずだ。それなら、この女の子がどういうつもりでも、ともかく一緒に歩いて行けば、あいつらも納得するに違いない。

「よし、行こう」

ぼくは彼女の腕を取って歩き出した。

「どこのロッカーだい？」

「あっちよ」

と彼女が指さす。――たぶん同じぐらいの年齢だろう。こんなときでなきゃ、喜んでデートを申し込むところだ。

ロッカールームの見える所まで来ると彼女は立ち止まって、

「あなた、出して来てくれる？」

コートのポケットから鍵《かぎ》を出してぼくに渡す。

「一緒に行かないの？」

「ええ。お願い、持って来てよ」

「そいつはいいけど……」

ぼくは鶴田たちがいなくなっているのを見定めると、「ねえ、君、一体どういうわけでぼくに声をかけたの？」

と訊いた。

「そんなこといいでしょ」

と彼女はイライラした口調で、「早く取って来てよ」

「だけどさ、ぼくは全然君のことを知らないし――」

言いかけた文句を、ぼくは飲み込んでしまった。彼女がポケットから何かを取り出してぼくのお腹へぐいと突きつけたからで――それは銀色に光る、小さな拳銃《けんじゅう》だったのだ。

「早く行って！」

彼女はぐっと押し殺した、迫力のある声で言った。

「わ、分ったよ」

こういう場合には逆らわないのがぼくの主義だ。いや、主義というより、命は惜しいものだというのが正直なところだろう。

それにしても、何だ、この女？　マフィアのボスの孫か何かかしら？

「ここで見てるわよ。逃げようなんて思わないで」

「はいはい……」

ぼくは、スポーツバッグをそこへ置いて、ロッカールームへと歩いて行った。

鍵のナンバーを見て、ロッカーを捜す。あったあった。よりによって一番上じゃないか。重いもんでなきゃいいけどな。ぼくは鍵を開けて、扉を引いた。何だかぼくのスポーツバッグとよく似たバッグが入っている。色違いの同じメーカー品だ。

バッグを引っ張り出すと、そう重くはないが、空っぽってわけでもないらしい。

バッグを手に、歩き出すと、

「待ちな」

と声がかかった。振り向くと、人相のよろしくない、しかし一応背広にネクタイというスタイルの男が立っている。

「その鞄《かばん》はお前のか?」

「何でしょう?」

「それがどうかしましたか?」

「中を見せろ」

その言い方が横柄《おうへい》なので腹が立った。

「どうして見せなきゃなんないのさ?」

「いやならいいんだぜ」

男がナイフを出した。——拳銃にナイフ?

今度は何が出て来るんだろう?

「逃げるのよ!」

とあの女の子が叫んだ。そしてバンと銃声がホールへ響く。ナイフを構えていた男が、あわてて床へ伏せた。

ぼくは弾《はじ》かれたように走り出した。

「こっちよ!」

彼女がぼくの手を握った。

駅の中は大騒ぎになっている。こいつは大変なことになったぞ。

「どうにでもなれだ！」

ぼくはその少女と一緒に夢中で突っ走った。

3　札束よこんにちは

「もう大丈夫だわ」

タクシーが走り出すと、その少女は、駅の方をしばらく振り返っていた。

「ああ、疲れた――」

「どこへ行くんだい？」

とタクシーの運ちゃんが訊いた。ドアの開いてたタクシーへ乗り込んで、ともかく走ってくれ、と言ったのである。

「あ、Ｆホテルへね」

と少女は息を弾《はず》ませながら言った。

「一体どうなってんだい？」

ぼくはその少女に訊いた。しかし、これは訊く方が無理だったかもしれない。少女が拳銃をぶっ放したり、ナイフを持ったギャング風の男が出て来たり……。

そう簡単に説明できる事情でないのは容易に察しがついた。特にタクシーの中では無理だろう。

「向うへ着いたら説明するわ」

と、彼女は言った。まあ、いいや。どうせこっちはヒマな身だしね。しかし、縁もゆかりもない人間に、撃たれたり、刺されたりして死ぬのは、できることなら願い下げにしてほしかった。

せめて、ぼくのでっち上げた話のように、不治の病に冒された少女と心中する、なんていうのなら、まだ諦めもつくってもんだが、ヤクザ同士の争いのとばっちりを受けて、流れ弾に当たって死んでしまうなんていうのは、やっぱりさえない話である。

それにしても、この女の子は、どう見たって不治の病って柄じゃない。いや、見た所はほっそりして色白で、そう見えなくもないけれど、まさか死にかけてる病人が、ごった返す上野駅で拳銃をぶっ放したりしないだろう。

一体何者なんだろう？

何だか、今の事件が実際の体験だったのか、それともＴＶか何かの撮影に紛《まぎ》れ込んじゃってんじゃないかと思えてならなかった……。

「あなたの名前は？」

と、彼女が訊いた。

「酒井健一。君は？」

「私は倉原《くらはら》みどり」

これで自己紹介は終ったわけだが、お互い何も分っちゃいない。

「あなた、高校生？」

「高一だよ」

「じゃ、同じね」

これでも、まだ何も分っちゃいない。

「誰かと待ち合わせてたの？」

と、倉原みどりが訊いた。

「うん、まあ……待ち合わせてたようでもあるし、そうでもないし……」

実際、こっちだって事情は複雑なのだ。

別に、彼女はそれ以上訊こうとしなかった。何か他のことに気を取られていてそれどころじゃないという様子だった。

Ｆホテルへタクシーが着くまで、二人はずっと黙りこくっていた。

かなり立派な、格調高いホテルで、タクシーが停《と》まってドアが開くと、すぐにボーイが寄って来る。

ぼくは、彼女がタクシー代を払うのを見て、肩をすくめて先に降りた。向うが乗せたんだから、別にぼくが払う必要もあるまい。

「お持ちしましょう」

ボーイが、ぼくの手にしたバッグへ手を差し出すと、車から降りかけていた倉原みどりが、

「いいんです！」

と強い口調で言った。触《さわ》らせたくないらしい。――そのとき、やっと気が付いた。ぼくが持っているのは、彼女に言われて、コインロッカーから出して来たバッグだ。彼女の方は手ぶらである。ということは……。

「ぼくのバッグを置いて来たんだな！」

「え？」

彼女はちょっとポカンとしてぼくを見ていたが、

「ああ、そうね、ごめんなさい」

と軽い口調で言った。

「冗談じゃないぜ、あれには全財産が入ってるんだ！」

ぼくが頭へ来てそう言うと、彼女は愉快そうに、

「あら。じゃ、あなた家出する途中だったの？」

と言って、突然ぼくの腕に自分の腕をからめて来た。ぼくは面食《めんくら》ったが、今さら何を言っても始まらない、と観念して、そのままホテルへと入って行った。

ホテルのロビーは、そろそろチェック・インの時間なのだろう。日本人、外国人、取り混ぜて、割合混《こ》み合っている。

「ちょうど目立たなくていいわ」

と、彼女が言った。何がいいのか知らないが、ぼくも適当に、

「そうだね」

と合わせる。

「ここに座ってて」

と彼女はぼくをロビーのソファに座らせておいて、

「バッグを取られないようにね」

と念を押し、フロントの方へ歩いて行った。〈受付〉のカウンターは、四、五人で

捌《さば》いているのだが、それでも行列ができている。

倉原みどりは、並んでいる間も、絶えず左右へ目を向けていた。よほど警戒している様子だ。つい、こっちもつられて右へ左へと目をやったが、上野駅で見た男の姿はなかった。

「全く、イライラしちゃったわ！」

と、キーを手にして、倉原みどりが戻って来る。

「前の外国人が、部屋代が高過ぎるって文句を言って……。旅行社から聞いてたのと三ドル違うって言うの。三ドルよ！　それで散々粘ってるんだもの」

彼女の言い方は、やっとぼくと同じ年の少女のそれらしくなった。

「さ、部屋へ行きましょ」

「ちょっと腹減っちゃってんだけど、その辺でサンドイッチでもつまむわけにいかないかい？」

「ルームサービスで取ればいいわ。さ、早く来て」

これじゃまるで荷物持ちだね。しかし考えてみれば、ぼくの持ってた、クラス全員からのカンパ、七万円は、バッグの中だ。ということは、現在、ぼくの手持ちの金は、ポケットの小銭入れに入っている三百円しかないわけである。

こうなったら、この女の子について行く他はなさそうだ。

エレベーターが来るのを待っていて、ぼくはふっと思い付いて、

「君、英語分るの？」

と訊いた。

「どうして？」

「今、フロントで外国人が文句言ってたって……」

「ああ、あれ。——あの程度の話なら分るわ。しばらくイギリスにいたことあるから」

へえ、とぼくは彼女を改めて眺めた。確かに、無造作な着方ではあるが、どことなく垢抜《あかぬ》けした服装である。

「あんまり見ないでよ」

驚いたことに、彼女は急に顔を赤らめた。

部屋は二十階だった。ホテル自体が二十二階建で、最上階とその下は、レストランやバーになっているから、客室としては最も上の階ということになる。

いわゆるスイート・ルーム——つづき部屋ってやつで、ちゃんとリビング風の部屋があって、その奥に、やたらでかいベッドが二つ並んだ部屋が別にある。

「へえ、高いんだろうな、この部屋」

とぼくはただポカンとして見回していた。

「お金のことは心配しないで」

と、彼女は言った。

「あなたを巻き込んじゃって申し訳ないけど、その代り、うんと高いステーキをごちそうするわ」

ぼくは、たちまち胃が準備運動を始めて、唾液《だえき》が口の中を満たすのを感じた。

彼女が電話で、ステーキのコースを二人前注文した。

「ごちそうになっていいのかい？」

と、ぼくは柄にもなく遠慮して見せた。

「ご心配なく、お金はあるの」

そう言うと、彼女は、バッグのファスナーを開けると、高く持って、ソファの上へかかげ、

「ほらね」

と逆さにした。――ドドッと音を立てて、札束がソファの上へ滝のように落ちた。

――ぼくが物も言えずに突っ立っていると、倉原みどりはクスッと笑って、

「びっくりした？」

「当り前じゃないか！　君、銀行強盗でもやらかして来たのかい？」

札束の山から目を離さずに、ぼくは言った。

「違うわよ。これはね、ニセ札なの」

「ええ？――じゃ、使えないじゃないか」

「全部じゃないわ。この赤い紙で帯がしてあるのは本物。これだけでも四百万円ぐらいはあるのよ」

「他はニセ物？――よく出来てるなあ」

ぼくはその札束の一つを手に取ってみた。感触、色、印刷の鮮明さ……。全く本物そのままだ。

「――さ、ルームサービスのボーイさんが目を回すといけないから、しまいましょ」

と、彼女が、札束をバッグへ戻し始める。ぼくも手伝いながら、言った。

「でも、ニセ札造りって重い罪なんだぜ」

「分ってるわ。だからこうして持って行くところなのよ」

「どこへ？」

「銀行」

どうも、彼女の話はよく分らない。

4 殺し屋たち

食べている間は、もう話が分ろうと分るまいと構やしない。彼女が宇宙人だって知ったこっちゃないのだ。

ぼくがどんなに凄《すご》い勢いで食事を平らげたかは、ぼくが食べ終ったとき、まだ倉原みどりはやっとステーキにナイフを入れたところだった、という事実から推察できよう。

「ああ旨《うま》かった」

「よっぽどお腹空《す》いてたのね」

と彼女は笑って、

「ね、あなたのこと、聞かせて」

「ぼくより君の方こそ——」

「食事を先に終った人からどうぞ」

　ぼくは肩をすくめた。こっちは別に隠すほどのこともない。そこで、そもそもが誤解で始まって、一人で駆け落ちせざるを得なくなったいきさつを話してやった。

「面白いわね！」

　彼女は笑いをこらえ切れない、という様子だった。

「こっちは深刻だぜ」

「そうね。でも、私が行って、あなた助かったわけね」

「まあね。でも、拳銃突きつけられるんじゃ、助かったとも言えないよ」

「ごめんなさい。ついあせってたのよ」

「別に怒っちゃいないよ。でも、わけを話してくれなくちゃ」

「ええ、分ってるわ」

　倉原みどりは手早く食事を終えると、ポットに入って来たコーヒーを、ぼくと自分のカップへ注《つ》いだ。

「ただ、どこから話していいのか……」

　と、重い口をやっと開いたとき、電話が鳴った。彼女は、待っていたように、飛びついた。

「お父さん？　私よ。——ええ、大丈夫。ちょっとゴタゴタしたけど。——尾《つ》けられていないわ。——ええ、一人じゃないの。——気を付けて来てね」

彼女は電話を切ると、

「今、父が下から上って来るわ」

「お父さん？」

「万一、誰かが父の後を尾行して来てたら、ちょっと危いことになるわ。そうしたら、あなたベッドの下へでも隠れていてね」

彼女は、椅子《いす》にかけておいたコートのポケットから、あの拳銃を取り出した。そして入口のドアまで行くと、そっと覗《のぞ》き穴から、廊下の様子をうかがっている。

その姿には、本物の緊張感があった。これは遊びでもTVのロケでもないのだ。彼女が口先だけでなく、本当に命をかけていることが、後ろ姿からよく分った。

ぼくは、大体が感激しやすい性質である。このときも、彼女の真剣な姿に、すっかり胸を打たれてしまったのだ。

どうせ幻の恋人と駆け落ちして心中するつもりだったのだ。一つ、この女の子のために力を貸してやろう、と決心した。

「——ねえ、ぼくで手伝えることがあったら、やるよ」

とぼくは声をかけた。

「シッ！」

と彼女はぼくを抑えて、廊下の様子を見ていたが、やがて、急いでチェーンを外すと、鍵を開け、ドアを引いた。

入って来たのは、五十歳前後の、少し髪の白くなりかけた紳士だった。すらりと背が高いのと、目鼻立ちがはっきりしているところは、彼女に似ている。

彼女は素早く廊下を見回して、ドアを閉めた。鍵とチェーンも忘れない。

「尾行されなかった？」

「大丈夫さ。私だって、そうそうへまばかりしちゃいないよ」

と、その紳士は、娘とは対照的に、落ち着き払った口調で言った。

彼女が力一杯父親に抱きつく。父親の方も、彼女を愛《いと》しげに抱いて、しばらく二人はそのまま動かなかった。

「さあ、あまり時間がない」

と紳士は、彼女を押し戻した。

「その人は？」

「ちょっとしたことで巻き込んでしまったの」

「だめじゃないか」

と、紳士が厳しい顔になった。

「この件に無関係な人を引っ張り込んではいかん」

「ごめんなさい」

と、彼女は目を伏せた。

「あの……ぼくのことなら、いいんです」

と、ぼくは取りなすように、

「ぼくが勝手について来ちゃったんですよ。ちょっと事情があって家へ帰れないんです。ぼくも何だか分らないけど、お手伝いしますよ」

彼女がぼくを見た。その目には、感謝の想いが光っていた。

「お気持はありがたい」

と紳士が言った。

「しかし、あなたにはかかわりのないことだ。何も知らないのが、あなたのためです。さあ、早く、出て行きなさい」

「でも――」

「さあ！　ここにいつまでもいてはいけない。いつ奴らが来るかもしれないのです」

「〈奴ら〉って、誰のことです？」

「それを知ったら、あなたの命は保証できませんよ」

と、紳士は言った。「さあ、早くこのホテルを出ることです」

こう強く言われたのでは、頑張っているわけにもいかない。別にぼくがこの部屋を借りたわけじゃないからな。

「それじゃ……」

と、ぼくはドアの方へ歩いて行った。彼女が急いで先にドアへ駆け寄ると、廊下の様子をうかがってから、

「大丈夫よ」

と肯いて見せた。

「食事をありがとう」

「いいえ。――楽しかったわ」

と、彼女は微笑んだ。「駆け落ちの相手が見つかるといいわね」

「そうだね。じゃ……」

ぼくは、部屋を出た。すぐにドアが閉り、チェーンとロックの音がする。

「何も知らないのが、あなたのため、か……」

ぼくは呟《つぶや》いて、エレベーターの方へ歩いて行った。

エレベーターは両側に三基ずつ、六基が動いている。下りのボタンを押して待っていると、すぐに扉が開いた。

乗り込んで、さて、一階でいいのかな、と階数表示を見てみる。最近のホテルは、ロビーのフロアが必ずしも一階ではないのだ。

ブザーが鳴って、扉が閉りかけたとき、ちょうど真向いのエレベーターの扉が開いて三人の男たちが降りて来た。——直感的に、まともな奴らじゃない、と思った。

あわてて手をのばして〈開〉のボタンを押すと、閉じかけていた扉が、また開いた。エレベーターから出ると、ぼくは、今の三人が歩いて行く後ろ姿を、壁の出っ張りの陰に隠れて、見ていた。

三人は、あの部屋の方へ向っている。

みんな、背広にネクタイというスタイルだが、どう見てもビジネスマンではない。一人が、大きめのコートをはおっている。

三人が足を止めた。——彼女たちのいる部屋の、数メートル手前だ。コートをはおった男が、コートの左右のポケットから、何やら取り出した。右と左の物をカチリとはめ込むと、それは冷たく光る銃となった。それも、散弾銃だ。銃身と銃把《じゅうは》を短くつめてある。

ぼくは、親類にハンティングを趣味にしている人がいて、銃のことをあれこれ聞くことがある。その人から、短くした散弾銃は殺人用だから、アメリカでも禁止されている、と聞いたことがあった。

すると、あいつらは……。

ぼくは膝《ひざ》が震え出すのを感じた。怖い。当り前だ。しかし、このままじゃ、あの父娘は殺されてしまう。三人は、明らかにプロだった。ドアの覗き穴から見えないように、同じ側の壁に、ぴったりと身を寄せて近づいて行く。

何とかしなくちゃ！

しかし、どうしたらいいだろう？――そのとき、エレベーターの前に、内線専用の電話があるのが目に止まった。

駆け寄って受話器を上げると、

「交換台です」

と声がする。

「二十階に、ホテル荒しがいるんだ！」

とぼくは言った。

「誰か寄こして！　急いで！」

「かしこまりました」

すぐに電話が切れる。きっとガードマンに連絡が飛んでいるだろう。

ガードマンが来るのが早いか、奴らが部屋へ着くのが早いか。——ぼくは祈るような思いだった。

5　犠牲者

廊下は静かで、客の姿もなかった。もしワイワイと誰かが通りかかったら……。

多勢客が来れば、殺し屋たちだって、倉原父娘に手が出せまい。畜生、ガードマンの奴、何をさぼってるんだ！

殺し屋たちは、もうドアの間近に迫っていた。このままじゃ、二人ともやられる。拳銃でもありゃ、一気にやっつけちゃうのに。まあ、ないからそんなことが言えるんだが。

だめだ。こりゃ間に合いそうもないや、とぼくは思った。三人の殺し屋たちは、あの部屋のドアにたどり着いていたのだ。

ぼくは、とっさに奴らから見えない所に戻ると、大声を出した。

「おーい、みんな、こっちだぞ、部屋は！　この奥だ！　早く来いよ。何してんだ！」

連中にこの声が聞こえないはずはない。ぼくは、ずかずかと廊下を歩いて行った。しめた！　三人の殺し屋たちは、多勢客が来ると思ったらしい。足を早めて向うへ歩いて行く。廊下がぐるっと回っているから、一周して戻って来る気なのだろう。

三人の姿が曲り角に消えた。ぼくはドアへ駆け寄ってノックした。

「――どなた？」

彼女の声がした。

「ぼくだ！　大変だよ！」

すぐにドアが開いた。

「何か忘れ物？」

と、倉原みどりが訊く。

「何を呑気なこと言ってんだ。三人の男たちが――」

ぼくが事情を手早く説明すると、

「分ったわ！」

とみどりは肯いた。「お父さん！　追って来たわよ！」

「よし、すぐに行こう」

みどりの父親、倉原氏が、あの札束入りのボストンバッグを手に出て来た。

「早くして。あいつら、一周して戻って来る気だ」

とぼくは二人をせかした。「エレベーターから、早く！」

ぼくらはエレベーターへ向って走った。ちょうど一台が上って来て停まると、制服のガードマンが降りて来る。

「あ、ホテル荒しがあっちへ！」

とぼくは、反対の方向、つまりあの連中が一回りしてやって来る方向を指さした。

「分りました」

とガードマンが急ぐ。ぼくは、

「銃を持ってますよ」

と追いかけるように言ったが、耳には入らなかったろう。しかし、連中もまさかガードマンを撃ちゃしないだろう、と思った。

「早く乗ろう」

とぼくは二人を押し込むようにして、エレベーターに乗り込んだ。

「下にも待ってるかもしれないわ」

とみどりが言った。

「きっと逃げられないように見張ってるだろうな」

と言うと、倉原氏は、ロビーでなく、八階のボタンを押した。

「お父さん、八階なんかで止めてどうするの？」

とみどりが訊く。箱が静かに下り始めた。倉原氏はポケットからルームキーを取り出して見せると、

「こういうこともあろうかと思って、もう一部屋予約しておいたのだ。まさか同じホテルにいるとは思うまい」

みどりは笑って、

「さすがお父さんね！」

と言った。

「じゃ、ぼくが下へ行って、様子を見てくるよ」

とぼくは言った。「さっきの連中だって、降りて来るだろう」

「でも危険じゃない？」

「大丈夫さ、ぼくは顔を見られちゃいないからね」

八階について、扉が開く。

「それではお願いしましょう」

と倉原氏が言った。「部屋は〈八〇五〉です」

「分りました」

ぼくはロビー階のボタンを押した。


ロビーは、来たときより、一段とひどい混雑だった。これじゃ、どこに誰がいるのやら分らない。

ぼくはぶらぶらと人の間を縫って、歩いて行った。

あそこに座ってるサングラスの男、そこに立ってるビジネスマン風の男、わけもなくぶらついているような、画家スタイルの男……。

疑い出せば、誰も彼も怪しく思えてならない。しかし、人間ってのは多いもんだな、と思った。大体、普通の日の昼間に、こんな所へ来ることがないから、こんなに多勢の人間が、何やってんだろう、と首をかしげてしまう。

ま、そういやぼくだって、はたから見れば、あんな若い奴が何をやってんだろう、と思われるだろうが……。

もし、あいつらの仲間がロビーにいるとすれば、当然、エレベーターの降り口が見える所にいるはずだ。

ぼくはその範囲をぶらぶらと歩いてみたが、特にそれらしい連中はいなかった。一見してそれらしいと分りゃ苦労はないわけだが。

そのとき、エレベーターが降りて来て、あの三人が出て来るのが見えた。

向うはこっちの顔を知らないはずだ、とは思っても、やはりそれとなくわきへ退いて、目に付かないように様子を窺《うかが》う。

三人の殺し屋たちは、何だかあわてている様子だった。目につくほど、あわてふためいているわけではないが、さっきの、落ち着き払った様子に比べると、やはり少し変だ。

ロビーを素早く見回す。

すると、どう見ても、結婚式の招待客としか見えない、黒のダブルにシルバータイの男が二人、急いで三人の方へと歩いて行った。

なるほど、あのスタイルなら目につかないはずだ、とぼくは感心した。

黒服の二人が何やら訊かれて、首を横に振っている。きっと倉原父娘が、ここへは降りて来なかった、と言っているのだろう。

あの三人が、急いでロビーを抜けて、ホテルから出て行くと、見張っていた二人の方も、少し間を置いて出て行った。

よし、一応は巧く行ったぞ、とぼくは肯《うなず》いた。

騒ぎは、そのとき起こった。フロントから、ホテルの従業員が四、五人、一斉に駆け出して来た。二人がエレベーターへ飛び乗り、残りは左へ右へと走って行く。

一体何があったんだろう?

客の中にも、それに気付いて、けげんな顔をしてるのがいたが、大部分はチラッと目をやる程度で、それ以上の関心はないようだった。

もう少しここで様子を見ていよう、とぼくは決めた。しばらく待って何事もなければ……。だが、しばらく待つほどのこともなかった。

五分とたたない内に、ホテルの正面にパトカーがけたたましくサイレンを響かせながら、たて続けに何台も横づけになったのだ。救急車も来た。

警官や、担架《たんか》を持った白衣の救急隊員が、ロビーを駆け抜けて行くと、さすがにどの客も、好奇心をあらわにして、

「何だ」

「どうしたの？」

とざわつき始めた。

ぼくは少しエレベーターの方へ近付くと、救急隊員たちの乗った箱が、二十階まで直行して停ったのを知った。

一瞬、いやな予感が頭をかすめる。

ホテルの、かなり上の方らしい人たちが出て来て、

「ちょっとした事故です、ご心配には及びません」

なんて声をはり上げているが、「ちょっとした事故」で、こんなにパトカーがやって来るはずがない。

かえってワイワイと人が集まって、騒ぎが大きくなるばかりだ。その内に、新しくやって来た客が、エレベーターの近くの人垣にさえぎられて進めず、怒り出したりして、段々、騒ぎはひどくなるばかりだった。

そのとき、エレベーターが降りて来て、扉が開いた。白衣の救急隊員が担架に誰かをのせている。ぼくは割合背のある方なので、できるだけチビの大人の頭越しに覗き込んだ。

そしてハッと胸を突かれたような気がした。

——あのガードマンだ！

顔だけが出て、白い布をかけてあったが、顔には血の気がなく、白い布の、胸のあたりに、赤く血がにじんでいた。

「どいて下さい！　どいて！」

警官が先に立って叫ぶ。

あれほど騒いでいた人たちが、ピタリと静かになって、サッと左右に割れた。ガードマンは急いで救急車へ運び込まれた。

ぼくは、しばらくその場を動かなかった。いや、動けなかったのだ。

ぼくのせいだ。ぼくが、あのガードマンをあんな目にあわせてしまったのだ……。

やっと、人々が散り始めた。

6　新しい同志

ロビーにぼんやりと突っ立っていると、肩をポンと叩《たた》かれ、びっくりして飛び上りそうになった。

振り向くと、みどりが立っている。

「君か……」

「あんまり遅いし、パトカーの音が派手にしたから、心配で、来てみたの」

「ごめんよ。つい――」

「何があったの？」

ぼくが事件のことを話すと、

「まあ、ひどい」

と、みどりは一瞬眉《まゆ》をくもらせた。

「ぼくのせいだ。ぼくが呼んだばっかりに……」

「そんな風に考えちゃだめよ！」

みどりはぼくの腕を取った。「さあ、部屋へ行きましょう」

そのときになって、ぼくは、みどりが、敵に見られるかもしれない危険を犯してまで、やって来てくれたのだということに思い当たった。

「ありがとう……」

エレベーターに乗ると、ぼくは言った。

「何言ってるの。お礼を言うのは私の方だわ。何の関係もないあなたを——」

エレベーターが上り始めた。乗っているのは二人だけだった。

ぼくはみどりの肩に腕を回して抱き寄せた。みどりも逆らわずにぼくに身を寄せて来る。そして……いつの間にやら、ぼくとみどりの唇が出くわしていたのである。

ハッとしたように身を引き離すと、

「やめてよ」

みどりは真赤になった。「撃ち殺すぞ！」

そう言って笑いをかみ殺した。


「そうですか」

と、倉原氏はため息をついた。「そのガードマンは気の毒なことをした」

「ねえお父さん」

と、みどりが言った。「こうなったら、酒井君にも力を借りましょうよ。私たちはあの人たちに顔を知られすぎてるわ」

「そうだな……」

倉原氏は、なおもためらっているようだ。だが、やがて思い切ったように肯いた。

「分りました。じゃ、君にも力添えをお願いしましょう」

「何でも言って下さい。やりますよ」

とぼくは勢い込んで言った。意気込みだけはあったのだ。

「その前に、こうなった事情をご説明しておきましょう」

と倉原氏は言った。「君も、さっきバッグの中味を見たそうですが——」

「ええ。びっくりしました。ニセ札とは思えない」

「あれは、私の弟が造ったものなのです」

「へえ」

「弟は、ニセ札造りの名人として、その世界では広く知られています。もともと印刷工なのですが、ふとしたことでその道へ入ってしまったのです」

「器用なんですね」

「それに、妙に浮世離れした職人気質《かたぎ》があって、いくらでも金をかけていいと言われれば、相手がだれだろうと平気で仕事をするようになった。あれは弟の遺《のこ》した最高傑作なのですよ」

「遺した？」

みどりが言葉を挟《はさ》んで、

「叔父さんは殺されたの」

と言った。

「弟は死ぬ前に私の所へ、手紙を寄こしました。そして、生涯の傑作とも言えるニセ札ができた。もうこれで死んでも満足だ、と書いて来たのです」

「殺したのは誰なんです？」

「正確には分りません」

と倉原氏は首を振った。「弟の造った札を狙《ねら》っているグループはいくつもあります。今、ボストンバッグには、約五千万円のニセ札と四百万の本物が入っています」

「狙うはずですね」

「それだけじゃないのよ」

と、みどりが言った。

「どういう意味？」

「これを手に入れて、調べたいわけ。どうやったら、ここまで完璧なものが出来るのかをね」

「ああ、なるほどね」

とぼくは肯いた。こいつは考えていた以上に大変なことになって来た。

「でも、どうしてその叔父さんを殺したりしたんですか？」

と訊いた。「仲間にしとけば、いくらでも作らせられたのに」

「やっと分って来たのよ。自分のやってることがね」

「つまりギャングたちの資金を助けてやっているんだ、と……」

「そうなの。だからもう協力したくない。協力しなければ命がないと分っていても、いやとなったら、とことんいやな人だったのよ」

「じゃ死ぬのを承知で――」

「そうです」

と倉原氏は言った。「このバッグをしまったコインロッカーの鍵を封筒に入れて来たのです」

「それがあのロッカーだったわけか」

「そういうこと」

と、みどりが肯く。

「だけど、どうして君がピストルなんか持ってるの？」

「前に襲われたのよ」

「君が？」

「そう。叔父のお金のありかを知らないか、ってね。そのとき、逆にこいつを取り上げてやったの」

「へえ、強いんだなあ」

「その辺の話はまたゆっくり聞かせてあげるわ」

「そんなことを自慢げにしゃべってると嫌われるぞ」

と倉原氏がからかった。

「それで、これからどうしようっていうんですか？」

倉原氏はしばらく考えていたが、やがて、ためらいがちに言った。

「それを明かすのは、もうちょっと待って下さい。理由は言えないが、分っていただきたい」

「私たちを信じてちょうだい。お願いよ」

とみどりが言った。

そう言われて否《いな》とは言えない。

「もちろんだよ。じゃ、ぼくが何をすればいいかだけ言って下さい」

「ありがとう。何とお礼を申し上げていいか分りませんよ」

「じゃ、お父さん、あのお金を——」

「うん。そうしてもらおうか」

みどりが、バッグから、赤い紙で帯をかけた百万円の束を持って来た。

「これは本物なの」

と、ぼくの方へ差し出す。一瞬、これをくれるのかとびっくりした。

「これを、叔父さんの家族に届けてほしいの」

「OK。任しといてくれ」

と胸を叩く。「どこにいるんだい？」

「住所はここよ」

と、みどりはメモを出した。

「分った。じゃ、早速――」

「落ち着いてよ。夜遅くでないと」

「あの仲間が弟の家を見張っているかもしれませんのでね」

「なるほど」

「十二時になったら出かけましょ」

「うん。――おい、君も来るの？　危いじゃないか！」

「あなた一人をやれないわ。叔父の奥さんだって、あなたじゃ、信用しないわよ」

そりゃまあそうかもしれない。本心はみどりと二人で出かけるのが嬉しかったのだが、やはり、男として危険はオレが引き受ける、なんて言ってみたかったのである。

「――まだ時間がある。食事は済んだんですね」

「ええ、さっきタップリと……」

「じゃ何か飲物を取りましょう」

「コーヒーにして下さい。目がさえないと困りますからね」

倉原氏が電話で注文している間に、ぼくは部屋を見回した。

ごく普通のツイン・ルームで、さっきのスイートとは大分違う。

「あら、困ったわ」

「どうした？」

「ベッドが二つよ」

「いいじゃないか、二人で同じベッドに寝れば」

当然倉原氏は、自分と娘の二人と言ったのだが、ついぼくまでどぎまぎして赤くなってしまった。

見ると、みどりも一緒に赤くなっているのが分った。

7　叔母さんたちの逃走

十二時になったので、出かけることにした。

「気を付けて行けよ」

と倉原氏がみどりに言った。それからぼくを見て、

「娘をよろしくお願いします」

と言ったので、何だかこっちも、

「こちらこそ」

と返事をしてしまった。考えてみりゃこちらこそ、ってのはおかしいけども。

どっちかと言えばピストルを持ったみどりの方が頼りになる。ここはやっぱりぼくの方から、よろしくと言うべきだろう。

そんなことはともかく、夜中の十二時になったので、ぼくとみどりは、八〇五号室を出た。

「まだロビーで誰かが見張ってるんじゃないかな」

とぼくはエレベーターの中で言った。

「こんな時間だもの、大丈夫よ」

みどりはそう言って、「夜中のロビーで用もないのにうろついてたら、ホテルの人に怪しまれるわ」

と付け加えた。

「なるほどね」

「表にはいるかもしれないわね」

「じゃ、ヤバイじゃないか」

「平気よ。玄関の前のタクシーへ乗っちゃえばいいわ。向うは親子を捜してるの。若い恋人同士じゃないわ」

「そうか。じゃ、ぼくも多少は役に立ってるわけだ」

「大いに、でしょ」

みどりがぼくの手を握って来る。

ま、そんなことしてる場合じゃないのだ。ここは話を先へ進めよう。

ロビーへ出ると、確かに人影はまばらで、どう考えても見張りとは思えない人間ばかりだった。

「大丈夫ね。さあ、行きましょう」

とみどりが言った。

正面玄関のすぐわきにタクシー乗り場があって、空車が待っている。

「端っこの出口から出よう。少し薄暗いからね」

みどりの肩を抱いて、ちょうど彼女の顔がかげになるようにした。足早に外へ出て、タクシーへ乗り込む。

みどりが運転手に行先を告げて、タクシーは走り出した。

表を見ると、逆の反対側に大型の乗用車が停まっている。中に人影が見えた。

「あれかな？」

「そうらしいわね」

とみどりが肯く。——その車は、別に後をつけて来るようでもない。

「うまく行ったらしいね」

ぼくらは顔を見合わせて笑った。

しかし、喜んでばかりはいられなかった。これから行く先には、まずまちがいなく、誰かが張り込んでいるのだろうから。

「でもさ」

とぼくは言った。「これを叔父さんの家族に届けるのはいいけど、どうして郵便か何かで送らないの？」

「そうできりゃね」

とみどりは肯いた。「でも、渡すだけじゃないの。できることなら、どこかへ逃がしてあげたいのよ」

みどりが声を低くする。

こういう点、日本のタクシーは不便である。よく外国映画なんか見てると、前と後の席の間に仕切りがついてるのがある。

ああいう車だといいんだけど。

「でも、そんなことできるのかい？」

「連中が見張ってさえいなきゃね」

とみどりは言った。「まず、そんなことはないと思うけど」

ところが、現実には、ときどき信じられないようなことが起こるものだ。

少し手前でタクシーを降りたぼくらは慎重の上にも慎重を期して、その家へ近づいて行った。

「この慎重さ、テストのときにはどうして発揮できないのかなあ」

とぼくが呟《つぶや》くと、みどりが吹き出して、

「やめてよ！」

とひじでつついた。

夜中の住宅街で、およそ人の姿なんてない。歩いているのは野良猫《のらねこ》くらいで、こんな所で、こっそりと周囲の様子をうかがってたりしては、コソ泥とまちがえられそうだな、と思った。

「――誰もいないぜ」

「本当ね」

みどりは信じられないという顔で、

「裏へ回ってみましょう」

と言った。

細い露地を抜けて、ぼくらは、裏の通りへ出た。しかし、そこにも人っ子一人いない。どこか遠くから見張っている気配もないのである。

「変ねえ」

「いいじゃないか。きっと人手不足なんだ」

とぼくは言った。

「ともかく、裏から――」

まず、みどりが、その家の裏口のインタホンを鳴らした。――こういうと大邸宅みたいに思えるかもしれないが、大きいことは確かでも、古ぼけて、相当ガタの来ている家なのだ。

しばらくして、中から、

「どなた？」

と女の声がした。

「私、みどりです」

「まあ、ちょっと待って――」

家の中に明りがつく。みどりがぼくを手招きした。

現れたのは、でっぷり太った、下町のおかみさんというタイプの、ＴＶのホームドラマにでも出て来そうな人だった。

「みどりちゃん、よくまあ――」

「大丈夫、叔母さん？」

「何とかね。この人は？」

とぼくを見る。

「私の友だちなの。手助けしてくれてるのよ。ね、ここにお金があるから」

みどりは持って来た百万円の束を手渡した。

「まあ、悪いわねえ」

「今は誰もいないわ。手伝うから、どこかへ身を隠した方がいいわ」

「そう？　今日も一日中ずっと表と裏にいたのよ」

「じゃ、また来るかもしれないわ。早く仕度《したく》をして」

そこへ、奥から、

「どうしたの？」

と女の子の声がした。

女の子と言っても、みどりとほぼ同年輩だろう、可愛《かわい》いパジャマ姿で出て来て、ぼくがいるのを見て、

「キャッ！」

と引っ込んでしまった。

「ごめんなさい、娘の香子《きょうこ》で……。香子！　仕度なさい」

「どうして？」

と恐る恐る顔を出す。みどりと従姉妹《いとこ》同士だけあって、よく似ている。

「今の内に逃げるのよ」

「見張られてないの？」

「今はいないわよ」

とみどりが言った。「だから早く！」

「分った！」

香子という娘は奥へ飛び込んで行った。

「私、手伝って来るわ」

とみどりが言った。

「OK。ここはぼくが見張ってるよ」

「お願い」

みどりはコートのポケットからピストルを取り出した。「これ、持ってる？」

「いや、いいよ。どうせ使えないもの」

「それじゃ、頼むわね」

みどりが、その叔母さんと急いで中へ入って行く。ぼくは、あたりに気を配りながら、道に立っていた。

あらかじめ仕度もしてあったのだろう。びっくりするほど早く、二人を連れてみどりが現れた。

「叔母さん、行く所はあるの?」

「うん。古いお友だちの所へでも行くわよ」

「そう。気を付けてね」

「タクシーへ乗せようよ」

とぼくが言った。

「みどりさん」

と、香子という娘が言った。「この人、恋人?」

「え?　ああ——そうね。まあ、そんなとこかな」

みどりが、とぼけた顔で言った。

表通りへ出て、タクシーを拾うと、叔母さんと香子という娘を乗せて、

「じゃ、気を付けて」

「みどりちゃんもね!」

窓越しに声をかけ合う。

走り去るタクシーを見送って、ぼくらはホッと息をついた。

「やれやれ、一つ仕事が済んだね」

「本当。うまく行ってよかったわ」

「どこかで乾杯しよう」

「ええ？　補導されるわよ」

「クリームソーダでもかい？」

とぼくは言った。

深夜二時まで開いている、レストランチェーンの一軒に入って、ぼくらはジュース
とコーヒーで乾杯した。

「でも、かえって心配ね」

とみどりが首を振った。

「何が？」

「どうして見張りがいなかったのかしら」

「諦《あきら》めたんだよ、きっと」

みどりはぼくの楽観論に賛成しなかった。

「そんな生やさしい連中じゃ、ないのよ」

「それじゃ――」

「きっと何かあったのね。――待って」

みどりは眉を寄せて、「あの連中が叔母さんたちを見張ってたのは、私と父を捕えるためだったのよ」

「うん」

「それなのに、もう見張っていない。ということは……」

ぼくらはハッと顔を見合わせた。

「お父さんが危い」

「見つけたのかもしれないわ！」

ぼくらはコーヒーとジュースを飲みかけのまま、店を飛び出した。――ただしちゃんと代金は払った。

タクシーを見つけると、飛び乗るようにして、

「Fホテルへ！」

と大声で言った。「大至急ね！」

8　消えた札束

じりじりしながら、Ｆホテルへ向う。

やっと玄関が見えて来た。

「停めて！」

とみどりが言った。

「どうしたんだい？」

「あの車——」

そういえば、出て来たときに道の反対側に停まっていた車が、ホテルの玄関に停まって、ドアが開いている。

ホテルから、二、三人の男が出て来た。

「お父さんだわ！」

とみどりが言った。

倉原氏が、二人の男に挟まれるようにして、車へ乗せられる。啞然《あぜん》としている内に、車は素早く走り出した。

「あの車を追いかけて！」

とみどりが叫んだ。

運ちゃんの方は何やら様子がおかしいと思ったらしい。

「おい、もめごとはいやだよ」

と渋い顔で、「降りてくれ」

と言い出した。

「何よ、これでも？」

みどりがピストルを取り出してグイと突きつけたから、運ちゃん、目を丸くして、

「追っかけるよ！」

と車をスタートさせた。

黒い車は、百メートルほど前を走っている。

「大丈夫かなあ」

「どうして分ったのかしら？」

とみどりは唇をかみしめた。「あ、あの先を曲がった」

車は高速道路へ入ると、一気に速度を増した。運ちゃんが、

「羽田《はねだ》空港へ行くようだね」

と言った。「あんたたち、ギャング?」

「失礼ね!」

とみどりが言った。「ギャングはあっちよ!」

「そうか、ま、頑張りなよ」

運ちゃんの方もおもしろがっているようだ。

「ついて行ける?」

「なめんなよ。こう見えたって元は」

「レーサーか何かだったの?」

「短距離の選手だったんだ」

「あんまり関係ないんじゃないかなあ」

とぼくは言った。

ともかく、車を見失うことなく、何とか羽田空港へ——と思いきや、突然車は何やら妙なわき道へと入って行ってしまったのだ。

「あれ。どこへ行くのかな」

タクシーの方もその道へ入ってみたがたちまち立ち往生してしまった。——倉庫の立ち並んでいる、広い場所で、あの車はどこかへ消えてしまっていたのだ。

「やれやれ……」

ぼくは息をついた。

見上げるような倉庫が並んでいる、その全部の窓やら隙間《すきま》やらを見て歩いたのである。もうヘトヘトだった。

「何かあって？」

と、みどりが戻って来た。

「いや、全然」

「このどれかへ入っちゃったのかしら？」

「しかしねえ、そんな時間、なかったんじゃないか？」

とぼくは見渡しながら、「車とはそう離れていなかった。ここへ入って来るのに何秒もかかってなかったと思うんだ」

「そうね」

「その間にあの重たい扉を開けて中へ入るなんて、できないよ。たとえ前もって開けておいたとしても、閉じるのに時間がかかるだろう」

「だとしたら、どこへ消えたの？」

「さあ……」

　みどりは沈んだ表情になって、

「お父さん、殺されてるかしら」

　と呟いた。

「元気出せよ」

　ぼくは、みどりの肩を抱いてやった。

「──ホテルへ戻る？」

「そうだなあ。もう部屋はチェックアウトしてるのかな」

「荷物は──」

　と言いかけて、みどりはハッとした。

「あのバッグ！」

「え？」

「お金の入ったバッグよ。あのとき、誰も、バッグを持ってなかったわ」

「そう言えばそうだ」

「お父さん、どこかへ隠したんだわ」

とみどりが言った。

「それなら大丈夫！」

「何が？」

「お父さん、殺されずに済むわ。お金のあり場所を知ってるのは他にいないんだもの」

「そうか。でも、痛い目にあうかも……」

もしかしたら、その方が、死ぬより辛《つら》いかもしれない。

「大丈夫。お父さん、音《ね》を上げたりしないから。ホテルへ戻りましょう」

表の広い通りへ出ると、もうお金も払ったのに、さっきのタクシーが待っていた。

「ここで車を拾うのは大変だから、待ってたよ」

と運ちゃんがニヤリとした。

「ありがとう。じゃFホテルまで戻ってくれる？」

みどりとぼくはタクシーへ乗り込んだ。

Fホテルへ着いたのは、もう夜も明けて来る頃《ころ》だった。

タクシー代を払って、

「もうあんまりお金ないわ」

とみどりが言った。

「そうだなあ」

ぼくもポケットの中味はいささか心細い。

「何とかバッグを見つけなきゃ」

ルームキーは、幸いフロントに預けたままになっていた。

八〇五号室へ入ると、まず、切り裂かれたあのバッグが目についた。

「連中も捜したんだわ」

とみどりはそれを投げ出した。

「どこへ隠したのかなあ」

「そう長い時間じゃなかったけど……」

みどりは考え込んだ。

「捜してみようよ」

とぼくは言ったが、

「むだよ。当り前の所は全部捜してるはずだもの」

とみどりが首を振った。

「じゃ、どこにあるんだろう?」

「何か手掛りが残ってるかも――」

みどりは部屋の中を見回した。

かなりしつこく捜し回ったと見えて、一応片付けてはあるものの、かなり机やベッドが乱れている。

「この新聞――」

みどりが、机の上に、広げてあった新聞を手に取った。

「何か出てるの?」

「いいえ。でも――お父さんは、きちんとした人だったから、こんな風に放っておかないわ」

「あの連中じゃないのか」

「そうね」

みどりは新聞をたたんだ。

「――あら?」

見ると、たたんだ面に、何やら赤いボールペンで、線が引いてある。

「株式欄だよ。お父さんがつけたのかな」

「いいえ、そんな趣味ないわ」

とみどりは言った。「変なつけ方ね」

「何が？」

「ほら、中途半端よ。字の上にかかってるわ」

「なるほどね」

「裏かもしれない！」

みどりが新聞のそのページを裏返した。

9　選択の余地なし

新聞紙に赤いボールペンで印がついている。これは裏にこそ意味があるのだ、と意気込んで引っくり返して見たが、それは何のことはない。

〈東大寺の大仏、大掃除〉

という、やたら「大」の字のついた小さな記事で、裏に期待したぼくらは、完全に裏切られたのだった。

まあ、そんな駄ジャレを言っているときではない。

「この新聞は関係なさそうね」

みどりはそれを放り出して、「ああ、どうしたらいいかしら！」

と頭をかかえた。

父親を誘拐されて、その生死も知れない。自分も逃げ回っていなくてはならないというのに、行く所もなく、金もない。

普通の女の子なら、もう途方にくれて泣き出しているに違いない。

しかし、みどりは負けていない。必死で、父親を救う手だてを考えているのである。

ぼくはほとほと感心するばかりだった。他にあまりできることがないせいもあるが。

「私たちには、お父さんを捜すだけの、方法も手段もないのよ」

「うん」

「どうしたらいい？」

何か返事をしなくてはならず、

「誰《だれ》かに頼んだら？」

つい口から出まかせ、無責任なことを口走った。――みどりにひっぱたかれるか、と覚悟したのだが……。

「そうだわ！」

みどりが突然大声を出した。

「何だ、びっくりさせるなよ」

とぼくは仰天《ぎょうてん》して飛び上ってから、言った。

「それだわ！」

「どれ？」

ぼくはキョロキョロと周囲を見回した。

「違うわよ。今、あなたの言ったこと」

「え？　何だっけ？」

本人が忘れているのだ。何ともひどい話である。

「頼むのよ！　お父さんを捜してもらうの」

「誰に？」

「他のギャングに」

ぼくがさっぱり分らないでいると、

「いい？　叔父が作ったニセ札は、あちこちのグループが欲しがってるのよ。今はその一つが、お父さんを押えてる。

——このことを他のグループへ教えてやるのよ。そうすれば、その連中が、ニセ札ほしさに、必死で捜してくれるわ」

「なるほど！」

ぼくは感心した。自分のアイデア——ではないが、まあきっかけにはなった——に感心するというのも珍しいことだ。

「だけど、そいつは危険な賭《か》けだなあ」

とぼくは言った。

「そうね。今の連中から逃げられても、他の連中に捕まるかもしれないし……。でも他に手がある？」

そう訊《き》かれると、ぼくとしても、黙る他はなかった。

みどりは、窓辺に寄ってカーテンを開いた。——空が白々と明けて来る。

「少し寝るわ、私」

「そうした方がいいよ」

みどりはカーテンを閉めると、ベッドにゴロリと横になった。

緊張の連続と心労で、疲れ切っていたのだろう。みどりはすぐに寝入ってしまった。

ぼくはそっと近くへ行って、静かなみどりの寝顔を見ていた。——何だか妙な縁で、こうして行動を共にしているわけだが、この子のためなら、何だってやってやるぞ、とぼくは心の中で呟いた。そしてついでに、眠いなあ、とも呟いた。

そして隣のベッドで横になると、

「みどりのためなら……」

ムニャムニャと呟きながら、こちらもたちまち眠り込んでしまった。

ふと、目が覚めた。

これが、怪しい物音とか、気配で目が覚めたというんだといいのだが、残念ながら、ぼくの場合は、何ともうまそうな匂《にお》いで目が覚めたのだった。

「おはよう！」

みどりが、椅子に座って、微笑《ほほえ》みかけた。

テーブルには、二人分のモーニングセットが置かれている。

「今、起こそうと思ってたのよ」

「ぼくの鼻は目覚し時計の代りになるくらいなんだ」

とぼくはベッドから起き出し、「顔を洗って来るよ」

とバスルームへ入った。

さっぱりして部屋へ戻ると、みどりはドアの下から入れられていた新聞を、一心に広げて眺めていた。

「――よかった」

と新聞をたたんで、「身許《みもと》不明の死体、なんて記事があるかと思ってね」

と言った。

気楽な口調の中に、彼女の不安が読み取れて、ぼくの胸は痛んだ。

胸は痛んでも、胃袋の方はまた別で、ぼくらはベーコンエッグの朝食をアッという間に平らげ、二杯目のコーヒーを飲んだ。

「さて、今日は？」

とぼくは訊いた。

「昨夜の考えを実行するわ」

「そんな奴《やつ》らに連絡できるのかい？」

「分ってるもの。――でもね……」

とためらう。

「何だい？」

「あなたをこれ以上危険な目にあわせるのが申し訳なくって。――もう手を引いてちょうだい、死ぬのは私だけで沢山だわ」

「馬鹿《ばか》言うな！」

ぼくが怒鳴《どな》ったので、みどりがギョッとして目を見張った。

「今度そんなこと言ったら……。言ったら……プロポーズするぞ！」

「変な脅迫！」

みどりは笑い出した。

ぼくも笑った。――これは自分たちへの、ファンファーレみたいなものである。

みどりは食事を終えると、室内の電話で外線をかけた。

「もしもし。――社長の松田《まつだ》さんを。――倉原といいます」

少し間があって、「倉原みどりです。――ええ、そうです。そのことでご相談があるんですけど。――今から行きます」

みどりは、淡々としゃべって、受話器を置いた。

「さあ、出かけましょうか」

みどりはそう言って微笑んだ。

あまり金がないので、地下鉄を使って、ぼくらは新宿《しんじゅく》の超高層ビルの一つへと向った。

「さっき社長って言ってたね」

「ええ。松田っていうの。金に目のない欲ばりでね。表向きは、会社社長よ」

「へえ。油断できないね」

「そうよ。気を付けて。私から離れないでね」

「了解」

超高層ビルへ入ると、ぼくらはエレベーターで三十五階へと上った。

エレベーターを降りると、明るい、広々とした、ごく高級なオフィスという感じだった。正面の受付へみどりが名乗ると、受付の女性が手もとの電話で取りつぐ。

ふと上を見ると、ＴＶカメラが、こっちをにらんでいた。

「どうぞお入り下さい」

と言われて、ぼくらは事務所の中へ入った。

男が立っていた。一分の隙《すき》もないビジネスマンのスタイルだが、どことなく、ぞっとするような冷酷さを感じさせる男である。

ぼくらを見ると、黙って先に立って歩き出した。

広い廊下を進んで行くと、ドアがあり、〈社長室〉というプレートがあった。

そのドアが開き、ぼくらは中へ入った。

がっしりした、ボディガードらしき男が四人。ぼくとみどりの体を調べる。

奥にドアがあり、そこを入ると、やっと広い社長室だった。

奥の大きな机の向うに、小柄な年寄りが座っていた。――あれがギャングのボス？

あまりにイメージが違うので、ぼくは少々がっかりした。

高級そうな背広こそ着ているが、顔つきや印象は、落語に出て来るケチな大家といったところだ。

その机の両側に、三人ずつ、六人の男が立っていたが、これはかなり凄味《すごみ》のありそうな連中だった。もっとも、一応は誰もが紳士然とはしているのだが。

「やあ、お前さんか。どういう風の吹き回しなのかな？」

と、松田が言った。「その若者は誰なんだね？」

「私の友達です」

とみどりが言った。

「一人じゃ心細いか？　歓迎するぞ。――父親はどうした？」

「知らないんですか？」

とみどりが意外そうに、「父は里見の所に捕まっています」

松田が急に険《けわ》しい表情になって、部下の一人をにらみつけた。

「何をやってたんだ、貴様！」

「はい！」

一人があわててすっ飛んで行く。——なるほど、こういうところを見ると、松田という男も、多少ボスらしく見えて来る。

「——それで、金は？」

松田がみどりへ訊いた。「里見が持っているのか？」

「いいえ」

「じゃ、お前さんか？」

「いいえ。分らないんです」

松田はちょっと笑って、

「わしをごまかそうとしてもむだだよ」

と言った。

「本当に分らないんです。父が隠して、そのまま捕まっちゃったんです。もし私が持っていればここへは来ません」

「なるほど」

松田は肯いて、「筋の通った説明だな」

と言った。そして、大きな椅子の背もたれにゆっくりともたれかかって、

「で、何のためにここへ来たのかね？」

と訊いた。

10 襲撃

「話は分った」

松田は、昼食を終えて、ナプキンで口を拭《ぬぐ》いながら言った。

「私は父の命だけが大切なんです」

とみどりが言った。「父さえ助けてもらえれば――」

「しかし、いざとなって、ニセ札をこっちへ渡すのを渋られては困るね」

「決して――」

「わしは口約束は信用せん男だ」

と松田は言った。

「私がいるじゃありませんか」

とみどりが言った。

「というと？」

「もしニセ札の隠し場所を教えなければ私を殺すと言えばいいんです。そうすれば父は必ず――」

「しゃべるか。お前さんもいい度胸だね、全く」

と松田はニヤリと笑った。何ともいやらしい感じの笑いだった。

「いいだろう。乗った」

松田は食事を下げさせた。「――しかし、お前さんももったいない。平凡な女房になって終るにゃ惜しい女だよ」

「どうも」

みどりはつっけんどんに言った。

「どうだ、わしの女にならんか。不自由はさせんぞ」

ぼくは頭へ来て、

「何を！」

と立ち上ったが、いきなり凄《すご》い力でえり首をつかまれ、ぐっと持ち上げられてしまった。

「やめて！」

みどりが、大男の腕にしがみつく。

「はなしてやれ」

と松田が言うと、ぼくは、ソファへドスンと落とされた。松田はニヤつきながら、

「おい、若いの。ここには気の短い奴が大勢いる。気を付けるんだな」

と言った。

悔しいが、ここはおとなしくしている他はない。ぼくは黙って腕を組んだ。

そこへ、さっき松田にどやされて飛び出して行った男が戻って来た。

「どうした？」

「分りました。倉原は昨夜、Ｆホテルから連れ出されて――」

「そんなことはどうでもいい！　今、どこにいるんだ？」

「あの……里見が持っている小さな会社の冷凍倉庫にいます」

「冷凍？」

とみどりが青くなる。

「いや、本人を冷凍にしてるわけじゃない。その倉庫の中にいるってことだ」

――さすがに、こういう組織の情報網ってのは大したものだと思った。ぼくとみどりがいくら必死に捜しても、こんな短時間では、とても見付けられなかったに違いない。

その点では、みどりの作戦は図に当たったわけである。

「警戒は厳重なのか？」

と松田は訊いた。

「武装したのが五、六人です」

「よし」

松田は傍に控えた、ごっついのの内の一人へ、「お前、十人ほど選んで行って来い」

と命じた。

「はい」

とその男が行きかけると、

「ああ、ちょっと待て」

と、松田が呼び止めた。

「はい」

「この若いのは元気が余っとるようだ。連れてってやれ」

ぼくは仰天した。ギャングの殴《なぐ》り込みに付き合うのは、いくら付き合いのいいぼくもちょっと遠慮したかった。

「この人に何をさせる気！」

とみどりが食ってかかる。

松田は平然と、

「そっちはそう強いことの言える立場じゃないと思うがね」

と言って、「どうかね、君」

とぼくへ話しかけた。

「君が行かないというなら、この可愛い娘をわしがいただく。どうするね？」

こうなったら仕方ない。

「行くよ」

とぼくは立ち上った。

「ねえ――」

とみどりがぼくの手を握る。

「すぐ戻って来るよ」

とぼくはみどりへ笑いかけた。

「おい、ついてきな」

かなり人をいじめて喜びそうなタイプに見える男がぼくを促《うなが》した。

ぼくは試験場へ向う受験生のような気分でその後からついて行った。


車二台に分乗した男たち——ぼくも含めて——は全部で十人。

手に手に、ライフルや散弾銃を持っている。車の中で拳銃《けんじゅう》を磨いている男もあった。

暴発して当たるんじゃないかと、気が気じゃなかった。

「その角で停めろ」

とリーダーの男が言った。「ここから歩くぞ」

車が停まると、全員が車から降りる。

「おい」

と男はぼくに向って、言った。「いいか、逃げたら撃ち殺すぜ」

「分ってるよ」

こうなったら、ふてくされている他はない。

「そら、こいつを持ってろ」

とくれたのは機関銃ならぬナイフ一丁。まあ、ないよりはましだが。

「行くぞ」

男の声で、十人が静かに行動に移った。

すでに夜になっている。――みどりはどうしているかしら。

ともかくまず差し当りは、倉原氏を助け出すことで、そのためには、この男たちに協力するより仕方ない。

十人は、夜の闇《やみ》に紛《まぎ》れて、問題の冷凍倉庫へと、そろそろと近付いて行った。

「あそこに見張りが……」

と、低い声。

倉庫は、馬鹿でかい建物だった。その出入口の小さいドアの前に、がっしりした男が立っている。

「よし、行くぞ」

と男はナイフを出して身構えた。

他の一人が、コソコソと少し離れた物陰へ入って行く。

そして、ガシャンと何かの落ちる音。

「誰だ！」

見張りが緊張する。——沈黙。

「誰かいるのか？」

見張りが拳銃を抜いて、物音のした方へと歩いて行く。——待っていた男が、ナイフを手に飛びかかる。

ぼくは思わず目をつぶった。——アッという間に、勝負はついて、見張りがぐったりと地面に伏した。

目の前で人が殺されたんだ！

ぼくはゴクッとツバを飲んだ。

「来い」

男の合図で、全員がゾロゾロと出て行った。

倉庫の入口が開くと、ぼくは恐る恐る、中を覗《のぞ》いた。

「早くしろ」

と男がせっつく。

ぼくは渋々、倉庫へと足を踏み入れたのだった。

11　しくじった襲撃

ギャングがギャングを襲うというのは、昔よくTVの「アンタッチャブル」なんかで見たことがあるが、見られていないと思って進んで行くと、たいてい機関銃の一斉射撃を浴びることになっている。

ぼくもシャワーを浴びるのは好きだが、鉛の弾丸のシャワーじゃ、あまり気持のいいものじゃないだろう。

倉庫の中へ恐る恐る足を踏み入れたぼくは、

「お邪魔します」

とは言わなかったが、かなり遠慮がちに中を見回した。

倉庫といっても、だだっ広い場所を想像すると間違いで、冷凍倉庫ということだから、中が細かく部屋に分れているのだろう、と思った。

細い通路が真直ぐにのびている。

「さて……」

と、リーダーの男が呟《つぶや》いた。「この中のどこにいるか、捜し出すのが骨だぜ」

ぼくはそっと男をつついた。

「何だ？」

「ほら、そこに――」

「何だってんだ？」

「パネルがあるよ」

壁に電源スイッチがあって、そのわきに、ランプがずらりと並んで、それぞれに〈一〇二〉とか〈三〇五〉というように番号がついている。

「これ、きっとこの中の冷凍室だよ。ランプの点《つ》いてるのは冷凍中なんだ」

「なるほど」

「監禁されてる部屋は冷凍してるはずないから、ランプの消えてる所にきっといるんだよ」

「ふーん」

男は肯いて、「お前、なかなか頭がいいな」

と言った。ギャングに賞《ほ》められて、喜んでいいのかどうか。少々複雑な気分だった。

「消えてるのは、〈二〇三〉と〈三〇一〉の二つだ。二階と三階だな。よし、行ってみようか」

ぼくらは、足音を殺して通路を進んで行った。

階段は突き当りにある。男はいったん手前で足を止めると、手下の一人に、先に行け、というように顎《あご》でしゃくって見せる。

小柄な男がそっと階段を上って行く。——こっちはじっと息を殺して待つ。

少しして、戻って来ると、大丈夫、というように肯いて見せる。ぼくらは階段を上って行った。

二階の通路には、誰もいなかった。もし〈二〇三〉に倉原氏が監禁されているのなら、部屋の前に見張りがいるはずだ。

ということは、〈三〇一〉が、一番可能性が強いということになる。

「よし、三階へ上るか」

と男が低い声で言って、そのまま階段を上りかけたとき、〈二〇三〉のドア——といっても、超特大冷凍庫の扉である——がキーッときしみながら開いて、

「じゃ下で交替して来るぜ」

と、男が出て来た。

思いがけない事態で、どちらも、一瞬ポカンとして見つめ合った。

「来やがった！」

と向うが怒鳴ると同時にこっちの銃が発射されて、その男が吹っ飛んだ。銃声が大きく反響する。

扉がバタンと音をたてて閉った。

ワッとその扉の前へ寄って、引っ張るが、びくともしない。

「どうせ逃げられやしないぜ」

男が、ライフルと散弾銃を持った手下へ合図する。扉の、把手《とって》のあたりへ向けて、一斉射撃！　耳がおかしくなるかと思うほどの凄い音だ。

さすがの分厚い扉も、把手が吹っ飛び、金具が飛び散って、ギーッと音を立てながら、少しずつ外側へと開いて来た。

男が扉のわきへ身を寄せて、

「おい！　観念して出て来な！」

と怒鳴った。「こっちの方が人数が多いぞ！　死にたくあるめえ！」

――返事はなかった。

「おい」

と手下の一人へ肯いて見せる。扉が、サッと開け放たれた。

中から銃弾の雨が——飛び出して来るかと思ったが、静かなものだ。

「おかしいぞ」

と男が呟いた。「——一度に飛び込め！」

号令一下、ぼくを除く全員が、その冷凍室の中へと飛び込んで行った。

「——どこへ行きやがった！」

と男がぼやいた。

冷凍室の中は、空っぽだったのだ。

「ほら、あそこ！」

とぼくは指さした。奥の壁に、荷物を上げ下げするエレベーターがあるのだった。

「畜生！　おい、下へ回れ！」

今度は一斉に階段を駆け降りて行く。通路を駆け抜け、倉庫の外へ飛び出したが、どこにも人影らしきものはなかった。

「逃げられたか……」

リーダーの男は、渋い顔で言った。「ボスに大目玉だぜ、畜生」

そのとき、ぼくは、ふと低いエンジンの音らしいものを耳にした。——どこだろう？　周囲を見回すと、倉庫の陰の暗がりから、何か動く物が……。

「危い！」

ぼくはリーダーの男へ叫んだ。「車だよ！」

暗がりに潜んでいた自動車が、エンジンの音も唸《うな》るように、突進して来た。

とっさのことで、男は棒立ちになっていた。別に義理も何もあるわけじゃないのだが、何となく（流行を追うわけじゃなくて、ぼくらの世代は何をやるにも、別に大した理由はないのだ）男の足へと飛びついた。

男がドッと倒れる。とたんに駆け抜ける車の窓から銃弾が降り注いで、手下が二、三人倒れた。

車が猛スピードで走り去る。後ろからライフルや散弾銃をぶっ放したが、もう車は見えなくなってしまっていた。

男は立ち上ると、青ざめた顔で、倒れた手下たちを眺めた。

「おい！　ぐずぐずするな！」

と怒鳴る。「早くけが人を車へ運ぶんだ！」

男はぼくの方をキッとにらみつけると、

「余計なまね、しやがって！」

と吐き捨てるように言った。

助けて文句言われたんじゃ合わないよ。ぼくはよほど抗議しようかと思ったが、下手をして、お腹に通風孔でもあけられて風邪ひくと困るので、やめておくことにした。

「引き上げるぞ」

男は言った。――その顔が深刻に引きつっていた。

ぼくにはその気持、何となく分った。ひどい点数の答案持って家へ帰るときは、顔も引きつるもんだよ。


「白井《しらい》、お前らしくもないな」

ボスの松田は、いや味な教師そっくりだった。

「馬鹿！　何てざまだ！」

と怒鳴られりゃ気楽だと思うのに、いとも静かに、

「よく分ってるんだろうな、しくじったってことは」

などと言われるのは、ずっと辛いもんだ。

「はあ」

リーダーの男――白井というらしい――はすっかりシュンとして肩を落としている。

ギャングもなかなか楽じゃないんだな、とぼくは思った。

「行っていいぞ」

松田は手を振った。

ここは、松田の屋敷である。団地の2DKなんかとはスケールが違って、正に大邸宅。

松田はナイトガウン姿で、ソファに寛《くつろ》いでいた。

「みどりは？」

とぼくが訊いた。

「会いたいか」

「当り前じゃないか」

「それなら、一つやってもらうことがある」

どうせろくなことじゃあるまい。イーだ、と舌でも出してやりたかったが、そこはぐっとこらえた。

「何をしろっていうの？」

「まあ座れ」

と、松田はいやに馴《な》れ馴《な》れしい。「何か飲むかね？」

ここでTVや映画のヒーローだと、

「スコッチ」

とか言うんだろうが、こちらは未成年である。仕方なく、

「コーラ」

と、できるだけカッコをつけて言った。

「――手下の者が二人死んだ。こいつは黙っちゃいられない」

と、松田はコーラのグラスをぼくへ渡して、

「借りは返さなきゃな。そうだろう?」

と訊いた。ぼくは黙っていた。

「敵のボスは里見という男だ」

松田はソファに戻って言った。「君に里見を殺してもらいたい」

「冗談じゃない!――そんなこと、できるわけないじゃないか!」

とぼくはびっくりして叫んだ。「向うは手下に囲まれてるんだろう?」

「いや、里見も昼間はわしと同様、会社の社長だ。わしの身内の者は顔を知られているから近付けんが、君は奴らにも知られていない。向うも警戒しないだろう」

「そんな無茶な……」

「ナイフをやる、それで里見を刺し殺せ。二十四時間以内だ」

言う方は気楽だよ。

「いやだと言ったら？」

松田は、部屋の隅にあるＴＶのスイッチを入れた。――ぼくは飛び上った。

みどりが、ベッドの上に、縛《しば》られて寝かされている。

「分るか？」

と松田が言った。「二十四時間以内に、里見を殺すか、さもなけりゃ、倉原の奴を取り戻すか。どちらもだめなら、あの娘はわしが味わった後で、手下の若い奴らにくれてやるぞ」

ぼくは松田をにらみつけたが、そんなことは一向に平気で、松田はニヤつきながら、ブラウン管のみどりを眺めている。

「――どうするね？」

ぼくには、選択の自由は残されていなかった。こいつは憲法違反だよ！

12　即席殺し屋町を行く

ぼくはナイフ一丁をポケットに、車から降りた。運転して来たのは、あの白井という男だ。

「うまくやれよ」

「ありがとう」

とぼくは気のない返事をした。「――ねえ」

「何だ？」

「もし――万が一、殺せたとして、逃げて帰れるかしら？」

「無理だろうな」

と、あっさりおっしゃる。

「どうもご親切に」

ぼくはため息をついて、「もし、ぼくが里見を殺して、やられちゃったら、みどりはどうなるかな」

「俺《おれ》に任せろ」

と白井が言った。「あの娘は無事に帰してやるよ」

「あんたが?」

「さっき命を助けてもらったからな。その礼だ」

ぶっきらぼう棒な言い方ながら、何となく、信用しても良さそうな気がして、

「じゃ、頼むよ」

とぼくは言った。

「ああ」

白井は肯くと、車をスタートさせた。ぼくは、夜明け前の街角に、一人ぽつんと突っ立っていた。


まず、ぼくがしたことと言えば——朝食を食べたことだった。

冷たい、なんて言うなよ。こんな朝っぱらから、目指す相手は捕まえられない。それにいざってときにお腹ペコペコでは困るじゃないか。

早朝営業の喫茶店へ入ると、トーストとゆで卵にアメリカンというセットを注文し、

来ると三分間で平らげた。

店の女の子が感心して、コーヒーをもう一杯サービスしてくれた。

さて、これからどうしたらいいだろう？　里見を殺すか、倉原氏を助け出すか。どっちも不可能に近い点では同じことだ。

里見を殺す方が、多少可能性はあるかもしれないが、人殺しというのは、いくら相手がギャングだって、やりたくないものだ。

しかし、倉原氏が今どこへ連れて行かれているのか、全く見当もつかないのだから、こちらは絶望的である。

里見という男の写真は見せてもらった。

松田とは対照的に、スラリと長身の、鋭利なビジネスマンタイプ。写真で見る限りは松田より頭も切れそうである。

狙うとしたら、いつだろう？——里見も表向き企業の社長だから、出勤するに違いない。そこを狙えばチャンスはあるかもしれない。

しかし、たとえ里見を殺しても、こっちもたちまち用心棒たちにやられそうだ。人殺しもいやだが、死ぬのもいやだ。みどりがひどい目に遭わされるのもいやだ。いささか欲張った話かな。

それにしても、えらい事件に巻き込まれちゃったもんだ。

たかがちょいと意地を張っただけの話から……。おっと、グチばかり言ってたって仕方ない。

ぼくがしっかりしなくちゃ、みどりがひどい目にあうのだ。ヒーローはいつも黙って、戦うものだ。

いちいち、疲れただの、やんなっちゃっただの言ってたら、ヒーローはつとまらないのだ！

見憶《みおぼ》えのある男が、車から降り立った。

「あいつか」

ぼくは、ガラス戸越しに里見が、立派なビルの中へと入って行くのを眺めていた。

松田がいるような超高層ビルではないが、十五階建のどっしりしたビルだ。

里見の両側には、がっしりした体つきの、見るからにボディガードらしい男が二人、くっついている。

あれじゃ近寄っても、弾《はじ》き飛ばされちゃいそうだ。とても殺すなんて無理だ。

エレベーターが来て、扉が開くと、三人が乗り込んだ。

ちょうど他の階へ用のあるらしい客が一人一緒に乗ろうとしたが、ボディガードに押し出されてしまった。

エレベーターは十五階まで上って、停まった。最上階が里見のオフィスなのか。

押し出されちまった客はプリプリと、

「何だ、畜生!」

と怒っている。

里見はかなり用心深い男のようだ。エレベーターに他の客を乗せないというのは、相当なものだ。

実は、ぼくもエレベーターが一つのチャンスではないか、と考えていたのだが、この分ではむずかしそうだ。

まさか十五階へ上って、面会を求めたって、里見に会うことはできまい。

何かうまい手はないかしら……。

ぼくはそれからたっぷり二時間、そのビルの喫茶室で考え込んでいた。眠っているのかと思ったらしく、店員が二度顔を見に来たくらいである。

それほど必死で考えていたというわけなのだ。

そして——ある考えが頭に閃《ひらめ》いた。

十五階は、〈R貿易〉という会社一社で占められていた。

つまり、里見はここの社長というわけなのだろう。

ぼくはビルの一階の電話ボックスへ入ると、電話帳をくって、〈R貿易〉の番号を調べた。そしてエレベーターの様子を見ながらダイヤルを回した。

「R貿易でございます」

と女性の声。

「よく聞けよ」

ぼくは極力押し殺した声で、言った。

「は？」

「そこへ爆弾を仕掛けたからな」

「何ですって？」

「五分後にドカンといくぜ。早いとこ逃げるんだな」

ぼくは電話を切ると、エレベーターへ走った。ちょうど一階へ降りて来た所だ。

飛び乗って、十五階を押す。

ああいうことをやっていれば、爆弾ぐらい仕掛けられても当然だろう。まず本気にするに違いない。

　そうなれば、まず里見が逃げる。ちょうどエレベーターが上って行けば、それに乗って来るのではないか。

　これがぼくの計算だった。

　果してうまく行くかどうか。エレベーターは、8、9、10……と上って行く。

　そして——十二階で停まってしまった！

　扉が開くと、妙なおっさんが、

「下ですか？」

　と訊く。

「上ですよ」

　と答えて、急いで〈閉〉のボタンを押した。——畜生！

　エレベーターが十五階に着いた。扉が開く。とたんに、

「キャーッ」

　という叫び声と共に、制服の女性社員が、凄い勢いでドッと乗り込んで来た。

　ぼくはアッという間もなく、エレベーターの一番奥へと押し込まれて、身動き一つできなくなった。

13　もう一本のナイフ

女の子たちにギュウギュウ押されて、ぼくはエレベーターの中で身動きもならなかった。だが、エレベーターは一向に下りようとはしなかった。

ブーッ、ブーッとブザーが鳴っている。重量オーバーで、ドアが閉まらないのだ。

「ちょっと！　誰か降りなさいよ！」

と先に乗って来た一人が叫ぶ。

「何よ！　自分が降りたらいいでしょう！」

「遅れて来た人が降りるのが当り前じゃないの！」

「何ですって！」

と、かなり険悪な空気である。

「ちょっと――」

と、ぼくは声を張り上げた。「ぼく、降ります！　ちょっと降ろして！」

「ほら、降りたい人がいるって」

幸い道を開けてくれて、ぼくはエレベーターから出ることができた。何とか扉が閉まって、エレベーターは下降して行く。

さて、他のエレベーターも、似たような状況で、こちらは男の社員が多いのでもっと荒っぽく、

「野郎！　降りろ、ってのが分らねえのか！」

「何だと！　力ずくで降ろせるもんなら降ろしてみやがれ！」

「てめえ、後輩のくせに俺をさし置いて、どうしようってんだ！」

これでもサラリーマンか、全く！　大人ってのも、大きな口をきく割には、大したことないね。

それはともかく――あれほど用心深い里見が、まだエレベーターへ乗っていないというのは不思議だった。他に抜け道があるのだろうか。

ぼくは廊下を進んで行った。まだ出遅れた社員らしいのが走って来る。

「あの――」

と、ぼくはその一人を呼び止めた。

「社長室はどこです？」

「え？――ああ、この奥だな。早く逃げな！　爆弾が仕掛けてあるんだ！」

と、また駆け出して行く。

それがでたらめであることを承知のぼくは、言われた通り、奥へ奥へと廊下を辿《たど》って行った。

心臓が高鳴って来る。もうとっくに階段あたりから里見は逃げているのかもしれないが、もし、まだこの奥にいたら……。

ポケットの中で、ナイフを握りしめる。いてほしいような、それでいて、いなけりゃ、もっとホッとするだろうと分っているような、妙な気分だった。

突き当りにどっしりと立派なドアがあった。〈社長室〉という金文字が遠くからもはっきりと見える。あそこだ！

ドアへ近付くと、そっと聞き耳を立てる。

「早く逃げて下さい！」

と、あわてふためいた声がする。

「落ち着け」

ぐっと渋い声は、たぶん里見のものだろう。「おれが泡《あわ》を食って逃げ出したりできるもんか」

「ですが、もし本当に爆弾が仕掛けてあったら——」

「逃げないとは言っとらん。まだ二分あるじゃないか」

「早くしないと。——五分っていっても、正確とは限りません！」

「分った、分った」

と立ち上った様子。

「さ、早く！」

ぼくはあわててわきへよけた。とたんにドアが勢い良く開いた。ぼくはちょうどドアのかげになって、目につかずに済んだ。

さっきのボディガードの一人が、急ぎ足で出て来た。続いて里見が悠然《ゆうぜん》と出て来る。

さすが、ボスだけあって、その落ち着き払った足取りには感心した。こっちはドアのかげから、後ろ姿を眺めていたのだが、どうやら見た限りでは、あの松田に比べても、里見の方が大物らしく思えた。

いや——感心してる場合じゃない。そりゃ分っているのだ。

でも……目の前に——といっても数メートルは離れていたが——目指す相手の背中があるとはいえ、そこへナイフを突き立てるのは、また別の話である。

だが、みどりがどんな目にあうか分らないのだ。彼女の命がかかっている！

ぼくはナイフを取り出した。しかし、そのときには、里見はもうずっと先を歩いていた。

「畜生！」

ぼくは足を早めて後を追った。しかしドタバタと走っては気付かれる。極力早く、しかも足音をたてないように、とは大体無理な話である。

それでもエレベーターホールへ出る前に、ぼくと里見の間隔は大分つまって来ていた。もうちょっとだ！

覚悟を決めてナイフを握りしめる。そのとき、ちょうど里見とぼくの間へ、ヒョイと飛び出して来た女の子がいた。

階段の踊り場にでもいたのだろう。やはりナイフを持って、里見を狙《ねら》おうというのか、里見の背後へ迫ろうとしている。

あの子は――そうだ！

みどりとぼくで逃走資金を届けに行った、みどりの叔母の所で見た娘だ。みどりの従妹《いとこ》で、名は――香子だった。

ぼくは前へ飛び出して、彼女の腕をぐいとつかんだ。香子がギョッとして振り向く。声を上げそうになるのを、

「シッ！」

と制して、「ぼくだ！」

と低い声で言った。

「あ——みどりさんの——」

「こっちへ！」

ぼくは、香子をまた階段へと押し戻した。何とか里見たちには気付かれなかったようである。

「何をしてるんだ、こんな所で！」

とぼくは言った。

「里見って男を殺そうと思ったの」

香子はナイフをまだ握りしめている。

「どうしたの？　お母さんは？」

「里見に捕まったの」

と香子は言った。

「何だって？」

「どうやってだか、私たちのいる所を突きとめて……。お母さん、私を窓から逃がしてくれたんだけど——自分は里見たちに……」

香子はこみ上げて来る涙を必死で押えているようだった。

「確かに里見だったの？」

「ええ。お父さんの所へよく来てたから、顔もよく知ってるの」

「それで里見を刺そうとしたの？　でもそんなことしたら、お母さんが……」

「だって——どうしていいのか——」

押え切れなくなって、香子はぼくの胸へ身を投げ出してすすり泣き始めた。

「ここにいちゃ見付かる。——その内、みんな戻って来るからな、きっと。階段を降りよう」

と、ぼくは香子を促して階段を下って行った。

十五階、ずっと階段を降りる必要もないので、二階ほど降りてから、エレベーターで一階へ降りた。

ロビーを抜けて行くと、爆弾騒ぎが広まっているらしくて、人でごった返している。

大勢が表へ出て、

「ガラスが飛んで来たら危いぞ！」

という警備員の声など無視して、ビルを見上げていた。

ともかく、今は香子を安全な所へ連れ出さなくてはならない。

ぼくは人ごみをかき分けて、やっとビルから離れると、ホッと息をついた。

「——ここまで来れば大丈夫だ」

「すみません」

と香子は気を取り直して謝った。

「つい、夢中になって……」

「いや当り前だよ、ぼくだって——」

と言いかけて口をつぐんだ。

「——何があったんですか？　あなたはどうしてあそこに？」

香子がやっと気付いた様子で訊いた。

「ウン……まあ一口じゃ話せないんだ」

とぼくはため息と共に言った。


「じゃ、みどりさんが松田に捕まってるんですか？」

手近な喫茶店へ入って、ぼくは香子に事情を説明したのである。

「そうなんだ。それで二十四時間以内に里見を殺さないと、みどりさんは……」

説明の必要はない。

「ひどいわ」

と香子は頭を振った。

「——何もかもお父さんがニセ札なんか作るからいけないのよ」

「今はそれどころじゃないよ。——正直なところね、里見を殺したって、松田がみどりさんを約束通り自由にしてくれるとは思えないんだよ」

「あいつらのことですものね」

「といってぼくらの力じゃ助け出せない」

ぼくはやけくそ気味で言った。

「私がみどりさんの身代りになる」

ぼくはびっくりして、

「何を言い出すんだ！」

「だって、お父さんのやったことのせいで、みどりさんが……。私とお母さんは仕方ないとしても——」

「そんなこと考えるもんじゃないよ」

とぼくは強い調子で言った。「ともかく、松田の手からみどりさんを、里見の所から、お母さんを助け出せばいいんだ」

そりゃ分ってる。自分で言っといて何だが、これぞ言うは易《やす》く、行うは難《かた》しの見本みたいなケースである。

14　八方ふさがりの迷路

里見が出て来た。
もう夕方だ。やはりボディガードが二人、両脇《りょうわき》をかためている。
ビルを出て、正面につけてある車まで、十メートルほどの間。そこが勝負であった。
里見が車の方へと歩いて行く。
ビルの柱のかげから、香子が飛び出す。ナイフを構えている。一気に里見へ向って
――。
「危い！」
とそのとき叫んで、香子を後ろから抱き止めたのは――ぼくだった。

「はなして！　はなしてよ！」

と香子が暴れる。

ボディガードの一人が素早く近付いて来て、香子の手をねじ上げた。ナイフが音を立てて落ちる。

「何だ、一体？」

里見が振り向いて、

「おや。——倉原の娘じゃないか」

「お母さんを返して！」

と香子が叫ぶ。

「ちょうどいい。おい、黙らせろ」

と里見が言った。

ボディガードが香子の脇腹を一撃すると、香子は気を失ってしまった。

「車へ乗せろ」

と、里見は命じた。ビルの正面である。人目もあるのに、平然としているのは大した度胸だ。

また、こうも堂々とやられては、悪いことをしているとは、誰も考えないのかもしれない……。

里見はぼくの方を見て、

「いや、助かったよ、ありがとう」

と肯《うなず》いた。

「いいえ」

とぼくは言って、

「――あの――里見さんですね」

「ほう、私を知ってるのかね？」

「お願いします！　ぼくを使ってください！」

と頭を下げる。

「使う……というと、私の下で働きたい、と言うのか？」

「そうなんです！　ぜひ里見さんの下で。何でもやりますから！　お願いです！」

里見はしばらくぼくを眺めていた。

「君はいくつだ？」

「十八です」

とサバを読んでおく。

「ふむ、――私が出て来るのを待っていたのかね？」

「朝からです。でも、お声をかけるのは失礼かと思って……」

「いや、君は実に役に立つことをしてくれたんだよ」

と、里見は言って、

「そ、そうでしょうか」

と、ぼくは出来るだけ嬉《うれ》しそうな声を出した。

「あの娘は使い途《みち》があるんだ。――どうかね車へ乗りなさい」

「はい！」

こうなるのが狙いだったのだ。――ぼくは里見の車へと一緒に乗り込んだ。

香子が気を失って、ぐったりと座席に倒れている。――可哀《かわい》そうに。これも、母親を助け出そうという苦肉の策なのだ。

しばらく辛抱《しんぼう》してくれよ、とぼくは心の中で言った。

「君はなかなか見どころがありそうだ」

「ありがとうございます」

とぼくは言って、「この娘、どうして里見さんを狙うなんて、無茶なことをやったんでしょう！」

「母親のためさ」

「母親の？」

「今に分る。——おい」

と里見は、運転手の方へ声をかけた。

「別邸の方へやれ」

「はい」

車はカーブを切った。

別邸といったって……〈本〉邸すらない人が多いというのに、その広いこと、豪華なこと！

木々の合間の砂利道を車が抜けて行くと、大きな洋館が見えて来た。食べ物のヨウカンではない。館《やかた》である。

「どうかね」

と里見が、車を降りる前に言った。「この娘を見張る仕事をやってくれんか」

「も、もちろんです！」

と、ぼくは言った。——あまり予定通り進むので、いささか気味が悪い。

「よし。おい！」

とボディガードの一人へ、

「連れて行って、この娘と母親を見張る手伝いをさせとけ」と命令した。

「分りました。——おい、小娘の足の方を持ちな」

ぼくは、香子の両足をかかえて、車から運び出した。

「よし、こっちだ」

香子をかついで、建物のカドを回って行くと、地下室へ入るらしい、斜めになった扉がある。

「この中だ。——扉を開けるぞ。娘は下へ置いとけ」

「はい」

香子へは心の中で手を合せて謝って、地面へと横たえる。

「そっちを引張れ」

扉がきしみつつ開いて、下へ降りる階段が現れた。「よし、かつぎ込むぞ」

また香子を抱《かか》え上げて、二人して香子を運び下ろして行く。

階段の下は、細い通路になっている。

「もう一人いるんですか?」

とぼくは訊いてみた。

「ああ、こいつの母親さ。娘が取っ捕まったのを見りゃしゃべるだろうぜ」

と言って、ボディガードがニヤリと笑った。

こっちはちっともおかしくない。それでも必死で話を合わせることにした。

「同じ部屋へ入れるんですか?」

細い通路を進みながら、ぼくは訊いてやった。

「いや、少し離しておいた方がいいだろう。効果的で」

そうなると、両方の鍵《かぎ》を手に入れなくてはならない。

見張りの男が一人、廊下の椅子《いす》でコックリコックリしている。

「おい!」

と怒鳴《どな》られて、あわてて目を覚ます。

「あ、兄貴、どうも——」

「どうもじゃねえぞ。居眠りして見張りがつとまるか!」

「すみません」

「この娘を奥の部屋へ放り込むぞ。手を貸せ」

「へい」

物置みたいな部屋へと香子を置いて、ドアを閉め、鍵をかける。

「その一人の方はどの部屋なんです？」

とぼくは訊いた。

「こっちのドアさ」と、兄貴分の方があごでしゃくって見せる。

「おい、こいつを一緒に見張りに使えってことだ。お前もいい気になって眠るんじゃねえぞ」

「へい。——どうも」

兄貴分の方が行ってしまうと、フッと息をついて、「ああ、全くやかましいんだから」

「大変ですね」

とぼくは同情するように言った。

「悪い兄貴じゃねえんだが、何せ口やかましいのが玉にキズさ。おい、おめえも椅子持って来たらどうだ」

「いいえ、大丈夫です」

「そうか？——ああ、眠くてかなわねえ」

と大欠伸《おおあくび》。

「少し眠ったら？」

「冗談じゃねえ、兄貴にぶっとばされちまうぜ！」

「扉の開く音がしたら、すぐに起こしてあげますよ。大丈夫でしょう、それなら」

「そうか？——でも、本当に起こしてくれるか？」

「約束します」

「じゃ、頼もうか。何しろゆうべは一時間しか寝てない」

「忙しかったんですか」

「そうさ。花札ってのはやめられねえもんだからな」

これじゃ怒鳴られるわけだ。「——それじゃ頼むぜ」

「はい」

男はよほど眠かったのだろう。椅子にぐたっと座り込むと、たちまちグーッといびきをかき始めた。

チャンスだ。ぼくはそっと、眠っている男の上着のポケットへと手を入れた。

15　幸運な脱出

今にも見張りの男が目を覚ますんじゃないか、とヒヤヒヤしながら、ぼくはポケットを探った。

しかし、幸運の女神はぼくにウインクしてくれ、デートの約束までしてくれたようで、ぼくは鍵を取り出すのに成功したのだった。キーホルダーに三本、鍵がついている。

まず、香子の運び込まれた部屋のドアを開ける。香子は気が付いていたらしく、すぐに出て来た。

「大丈夫?」

「ええ。——お母さんは?」

「シッ。こっちのドアだ」

合う鍵を探して、そのドアを開けると、そこは狭苦しいながらも、一応ベッドを置いた小部屋だった。ベッドで香子の母親が居眠りしている。大した度胸だ。

香子が近付いて行って揺さぶると、それでもすぐに目をさまして、

「あら、香子、何してるの？」

と目をパチクリさせている。

「逃げるのよ、早く！」

抱き合って涙にくれる、なんてことは全然なかった。

説明は後回し、とぼくは声を出さないように、と合図をしておいて、廊下へ出た。

見張りはまだ眠り込んでいる。このぶんならうまく行くぞ！

ぼくは先に立って階段を上ろうとした。そこへ、階段の上の扉の所に話し声。そして扉がきしみながら開き始める。

まずい！

とっさのことで、他に仕方がなかった。ぼくは、手当り次第にもう一つのドアを開けた。石炭置場だ。ぼくは香子と母親を、急いで中へ引き入れ、素早くドアを閉めた。

階段を足音が降りて来る。二人だ。

「おい、また眠ってやがるぜ」

と一人が言った。

「仕方のねえ奴だ」

と言ったのは、さっき一緒に香子を運んで来た男らしい。

起こるべくして、騒ぎは起こった。

「おい！　ドアが開いてる！」

「しまった！　あの若い奴だ。逃げられたぞ！　早く知らせろ！」

一人がドタドタと階段を駆け上って行く。

「この野郎！　起きろ！」

椅子をけっとばしたらしい。バタン、という音がして、さすがに見張りが目を覚ます。

「あ、兄貴……」

「兄貴じゃねえ！　見ろ！　逃げられたじゃねえか」

「えっ？——あいつ、人をだましやがって」

「貴様が馬鹿なんだ！　早く捜すんだ。来い！」

階段をかけ上って行く足音。——ぼくはホッと息をついた。

「これじゃ出られないわね」

「参ったな！」

みどりを救うにはここを出なくてはどうにもならない。しかも、真夜中までに里見を殺さなくては、みどりは松田の手にかかって……。

しかし、この二人を置いて逃げるわけにはいかないのだ。

「すまないわねえ」

と香子の母は呑気《のんき》に言った。「私たちのために――」

「いいんですよ。何とか逃げられます」

とは言ったものの、その自信はまるでなかった。

――一時間ぐらいが過ぎた。外は静かだった。どうしたのだろう？　諦《あきら》めたのか？

「出てみよう」

とぼくは言った。「ここにこうしていても仕方ない。ともかく一か八かだ」

「私は割といつもツイてるのよ」

と香子の母は言った。「きっと大丈夫。スイスイ逃げられるわ」

それはちょっと疑問だったが、ともかくぼくは先に立って廊下へ出ると、階段を上って行った。扉が開いたままである。

ヒョイと頭をのぞかせて左右をキョロキョロ見回すと、もうすっかり暗くなっているのだが、人の気配はない。

どこかに隠れて見ているのかな？　しかし、そんな呑気なことをするはずがない。

こっちは女子供の三人である。いると思えば向うからやって来るだろう。

「ＯＫ。行きましょう」

とぼくは二人を促した。

庭へ出ると、記憶を頼りに、表の方へ回る。

——どうなっているんだ？

館も庭も、静まり返っていて、人のいる気配が全くないのである。

「変ね」

と香子が囁《ささや》くように言った。「みんなどこに行ったのかしら？」

「急に引っ越したのかな」

「まさか」

ともかく、こちらとしては文句を言う筋合ではない。

正面の門も開け放ったままだ。ぼくらは足早に門の方へと進んで行った。

「おい、誰だ？」

突然、声をかけられて、飛び上る。振り向くと、一緒に香子を運んだボディガードの男である。

ぼくはあわててナイフを取り出した。

「香子さん、早く逃げて！」

「でも――」

「早く行くんだ！」

香子と母親が走り出して行く。ここは何とか食い止めて、と思ったのだが……。

どうも妙だった。一向に相手がかかって来ないのである。

「さっさと行きな」

と、男は言った。

「え？」

ぼくは呆気《あっけ》に取られた。

「いいから行けよ」

と、てんでやる気がない。

「どうも……」

何も礼まで言うことはないんだが、

「でも――一体どうして誰もいないのさ？」

とぼくは訊いた。

「ええ？——ああ、親分が死んじまったんだよ」

ぼくは耳を疑った。

「親分が……。里見が？」

「そうさ、全くあて外れだ」

と男は渋い顔で、「あんなに元気だったのにな。分らねえもんだ」

「殺されたの？」

「そうじゃねえ。階段から足を踏み外して転《ころが》り落ちたんだ」

「階段から落ちた？」

「首の骨を折って一巻の終りさ」

ぼくは唖然《あぜん》として突っ立っていた。それじゃ里見は松田の注文通り死んじゃったわけだ！

「みんなどこへ行ったの？」

「後を誰が継ぐかで大騒ぎさ。誰も親分のことなんか構っちゃいねえ。——全く冷てえもんだ」

「あんたは何してんの？」

「葬儀屋が来るのを待ってるんだ。せめて弔《とむら》いぐらいはな」

は思った。

「いない。子分たちもさっさと出て行った。——空しいもんだぜ」

その男、多少は義理堅いところがあるらしい。それにしても、怖い世界だ、とぼくは思った。

門を出て歩いていくと、傍《かたわら》の茂みから香子が出て来た。

「大丈夫だった?」

「うん、一発でのして来たよ」

とぼくは言った。この程度の脚色は許されるんじゃないかね。

さて、次はみどりを救い出す番である。

しかし、こちらも、松田がコロリと死んでくれるということでもない限り、容易ではない。といって、そうそう巧《うま》い具合には行かないだろうが。

「今は——八時か。真夜中までには何とか助け出さないと……」

と言ってから、ぼくはふっと気が付いた。

里見は死んだ。松田の注文通りに、である。——これを利用しない手はない!

「でも、素直にみどりさんを離してくれるかしら?」

と香子が心配そうに言った。

「それなんだ。あんまり正直な連中とも思えないしね……」

「うちの主人《ひと》があんなものさえ造らなきゃねえ」

と、香子の母がため息をついた。「本当にすみませんね」

「そんなこと、いいんです。いっそ、倉原さんの隠したニセ札と引き換《か》えに、倉原さんとみどりを取り返すか……」

「ニセ札の隠し場所、分らないでしょう……」

と香子が言った。

「そいつが困ったところなんだ。あのホテルの部屋にはなかった……」

「あると見せかけても、それが分っちゃったら、それこそ殺されかねないものね」

「そうなんだ」

ぼくは肯いた。

「ともかく、お二人はどこかへ逃げて下さい。後はぼくの仕事です」

「そうはいきませんよ」

と、香子の母は言った。

「もとは、と言えば、うちの亭主が原因なんだもの。私たちだってお力になりますよ」

「でもどうやって……」

ぼくら三人、夜の道をトボトボと歩きながら、考え込んだのだった。

16　最後の決死行

「もしもし」

とぼくは電話口へ言った。「松田さんを」

「――松田だ」

「ぼくだよ。酒井だけど」

「やあ、殺し屋君か。首尾はどうかね？　後二時間だぞ」

「みどりさんには指一本触れてないだろうな！」

「大丈夫。約束は守る」

どうだか、怪しいもんだ。

「里見は死んだよ、知らないの？」

「――何だと？」

「情報収集能力が悪いね、おたく。里見は死んだよ」

「いい加減なことを言うと――」

「調べてごらんよ」

電話の向うで松田が怒鳴《どな》ってるのが聞こえて来る。

「どうやったんだ？」

「階段の上から突き落としてやったのさ。首の骨を折って一巻の終りだよ」

松田はしばし絶句していたが、

「よし、こっちへ来い。それが本当なら……」

「どうするんだい？」

「ほめてやる」

馬鹿らしい。――ぼくは電話を切った。

松田の屋敷に着いたときは、もう里見の死は確認済《ずみ》だったとみえて、松田はいつものしかめっつらをさらに歪《ゆが》めて――これで笑っているつもりなのだ――上機嫌《じょうきげん》だった。

「よくやったぞ！」

とぼくの肩をポンと叩《たた》いた。

「一杯やれ!」

「そんなことより」

「あの娘か? 分った分った。しかしまだ自由にしてやるわけにはいかんぞ。ニセ札が見付かっとらんからな」

ここはぜいたくを言っても仕方ない。ぼくは肩をすくめた。

「おい白井!」

と松田はあの子分を呼んで、

「娘の所へ案内してやれ」

と命令した。

白井がぼくを地下へ連れて行きながら、

「お前もこれでこの世界から出られなくなったな」

と言った。「しかし人を殺すとはいい度胸《ばら》だぜ」

何となくその言葉には、苦々しさがあるような気がして、ぼくはどうも気がとがめた。

「本当はね、里見が勝手に死んじゃったんだよ」

白井はキョトンとしてぼくを見ていたが、声をあげて笑うと、

「——いや、幸運も実力の内というからな。そいつは良かった。いや、本当に良かったな！」

とぼくの肩をつかんだ。

「しかし、いい気になるな。松田は、ずるい奴だぞ。信用しちゃいけねえ」

「うん」

部屋のドアを開けると、みどりが縄は解かれて、ベッドに腰かけていた。

「無事だったんだね！」

と駆け寄ると、いきなり、みどりが平手でぼくの頬《ほお》をピシャリと叩いた。こっちは面食った。

「ねえ——」

「私のために人を殺すなんて……馬鹿！」

と言うなり、みどりは泣き出してしまった。

「違うんだよ。そうじゃないってば……」

「おい」

と白井がそばへ来て、

「この部屋はカメラで見られてる。用心して低い声でしゃべれ」と言って、出て行った。

「ねえ、聞いてくれ」

「私のことなんか放っといてくれれば良かったのに……」

「頼むから――」

ぼくがみどりの耳もとで必死に事情を説明する。みどりは信じられないという顔で、

「ほんと？」

と訊いてから、「よかった！」

と抱きついて来る。二人してベッドの上に転った。

「中へ入りましょう」

「え？」

「毛布の下よ」

「で、でも……」

「いいから！」

みどりとぼくはベッドの毛布の下へと頭からスッポリ入り込んだ。

ここでいささかポルノチックな場面を連想されるかもしれないが、残念ながら、そうじゃない。

まあ、みどりもキスぐらいしてくれたが、こうしていればTVカメラからも見えないというわけなのである。

「――じゃ、叔母さんたちまでそんなことに？」

みどりは話を聞いてため息をついた。

「いやねえ。どうしたらいいのかしら？」

毛布の中は狭くて（当り前だが）暑苦しかった。

「ニセ札を奴らへやっちまったら？」

「だめよ！」

「そして警察へ届ければいいじゃないか」

「そうかなあ」

「ニセ札を渡したが最後、私たちは殺されるわよ」

「私たちが生きていられるのは、ニセ札のありかが分らないからなのよ」

「ふむ……」

「そうだわ、お父さんは――」

「あ、しまった！」

ぼくは毛布の下で立ち上った――いや、それは無理だったので、少し頭を上げただけだった。

「あそこを捜して来るんだった！　きっとお父さんもどこかにとじ込められてたんだもの。——畜生！　ぼくは馬鹿だ！」

「いいわよ」

とみどりは慰めて、「叔母さんたちを助けてくれたんだもの、充分だわ」

と、そっとキスしてくれる。

「今からまた行ってみる」

「無理よ」

「今ならあそこは空っぽだ。きっと——」

「たぶん松田の子分が行ってるんじゃないかしら。そういう点、抜け目がないもの」

そのとき、

「おい、お楽しみのところ悪いな」

と、声がした。

顔を出すと、白井である。

「出かけるぜ」

「ど、どこへ？」

「里見の所だ。こいつの親父《おやじ》を捜しに行く」

なるほど、さすがに抜け目がない。

車は白井が運転していた。そしてぼくは助手席に座っている。他の子分たちは、後から、三台の車に分乗してついて来る。白井はわざとこの車には他の子分を乗せなかったのだ。

「おい」

と、途中、白井が口を開いた。

「え?」

「これを持ってろ」

と手渡されたのは——小型の拳銃《けんじゅう》だった。

「こ、こんな物使えないよ!」

「いいから隠しとけ」

と押し付ける。「いざというとき、身を護《まも》るんだ」

「いざというとき?」

「今度しくじったら、俺もおしまいだ。そうなりゃ、お前を助けてやることもできねえ」

白井はどういうわけか、ぼくに好意を持ってくれているようだ。

ぼくは拳銃を、ベルトへ挟《はさ》んだ。使うかどうかはともかく、持っているだけでも効果はあるかもしれない。

「もうすぐだぞ」

と白井が言った。

「どうするの？」

「少し手前で停める。後は夜に紛《まぎ》れて行くんだ」

「門が開いてるかなあ」

「呼鈴を鳴らして入るわけにもいかねえからな」

と白井は笑って言った。

やれやれ、今までよく生きて来れたよ、とぼくは思った。今度こそ死ぬかしら？

いや、みどりを無事に逃すまでは、死ぬわけにはいかないんだ。

車が停《と》まる。——ぼくは白井の後について、暗い道を里見の屋敷へと、近付いて行った。

17　奇　襲

里見の屋敷は、さっき出て来たときと同じに、静まり返っていた。

門も開いたまままで。

「よく見るんだ」

と、白井が、そっとぼくに言った。

「見るって？」

「どこか様子の変ってる所がないかどうか、さ」

ぼくは亀の子みたいに首をのばして、しばらく里見の屋敷の様子をうかがったが、別に、これといって変ったところはないように見える。

「――大丈夫だと思うよ」

「そうか。よし、みんな行くぞ」

と白井が言った。

ぼくはあわてて、

「ちょっと、待ってよ！　ぼくがそう思うだけなんだよ」

「いいんだよ、それで。多少の危険は覚悟の上さ」

白井は、そう言って、ニヤリと笑った。

「さ、行くぜ」

十五人の〈殴《なぐ》り込み部隊〉は、足音を殺して、門の中へと入って行った。

屋敷の前に、車が一台停っていた。

「あの車、さっきはなかったなあ」

とぼくが言うと、白井は、

「何か車体に書いてあるぜ。——おい、何か見て来い」

一人の子分が、車の方へ駆けて行き、すぐに戻って来た。

「何だった？」

「葬儀社の車ですよ」

「なるほど」

白井は苦笑いした。「さて、ちょうど巧い具合に葬儀屋もいる。一つ、派手に行くか」

「派手に？」

「そうさ。お前はここにいな」

「どうすんのさ？」

「一気に飛び込むんだ」

「そんな！　だって、ここは里見たちの本拠だよ。向うの方が人数が多いに決まってるじゃないの」

「だから、一気にやるんだ」

と白井が言った。「向うがこっちの人数をつかめない内にワッと突っ込んで行って、圧倒しちまう。それしか手はねえ」

なるほどね、そうかもしれない。

「お前はここにいな」

言われなくたっているよ、とぼくは思った。

「いいか、行くぞ！」

と白井が声をかけ、真っ先に飛び出した。子分たちが後に続く。

ギャングなんて大嫌いだが、それでも、よく、死ぬかもしれないというのに、こうして飛び込んで行くもんだなあ、とぼくは感心した。

ぼくなら、反対方向へと飛び出して行ったに違いない。

玄関のドアを白井が足で蹴《け》った。その姿が中に消える。――銃声。が、それはほんの一瞬で、すぐに屋敷の中は静まり返った。どうなってんだろう？

少ししてドアが開いて、白井が顔を覗《のぞ》かせた。

「おい、もういいぞ、入って来いよ」

ぼくは、ホッと胸を撫《な》でおろした。

中へ入ると、二人、里見の所の用心棒らしいのが倒れている。

「簡単なもんだったぜ」

と白井が言った。

「倉原さんは？」

「今、そっちで訊《き》いてるとこだ」

居間らしい部屋のドアの向うで、ドシン、バタンと音がして、

「やめてくれ！　案内するよ！」

と男が悲鳴を上げる。

「よし、行くぞ。おい、半分、ここに残ってろ」

今度はぼくも、里見の子分にくっついて、白井たちと一緒に行くことにした。何と

か倉原さんを自由にしたい。

これで松田の所へ倉原さんを連れて行っても、結局はどっちのワルに捕まってるか、という違いだ。といって、ぼくの力じゃ、とても……。

里見の子分は、ぼくらを、地下ならぬ、天井裏へと連れて行った。ちょっと見ただけでは、部屋があるように見えない。巧みな造りである。

カーテンの陰に隠れた狭い階段を上って行くと、雪国だった――てのは冗談で、天井の低い、屋根裏部屋に出た。

「――倉原さん！」

とぼくが呼ぶと、倉原氏が、奥から姿を見せた。

「君か！」

倉原氏は、見るも痛々しい、という感じだった。顔のあちこちに、殴られたらしいあざが出来ている。

「大丈夫ですか？」

「ああ、何とかね。――あの子は？　無事かい？」

「ええ……まあ、元気にはしてるんですが……」

「俺は松田のボスの所の者だ」

と白井が言った。「一緒に来てもらうぜ」

それで、倉原氏は総《すべ》てを察したようだった。

「分ったよ」

と肯いた。

「お前の娘は、うちのボスが押えてある。生きて帰らせたきゃ、早くニセ札のありかを吐くことだ」

「それはできん」

と倉原氏は、きっぱりと言った。

こういう人が、きっぱり言うとカッコイイのだが、ぼくがきっぱり言うのは、

「お腹が空《す》いた」

ということぐらいだろう。

「娘が手ごめにされる所でも見りゃ気が変るさ」

と白井の手下の一人が言った。

「変りはせん」

と倉原氏は言い放った。「あの子も、それぐらいの覚悟はしている」

ぼくはすっかり心を打たれてしまった。

「ともかく来てもらうぜ」

と白井が促《うなが》す。

屋根裏部屋から降り、一階へ戻って行くと、白井の子分の一人が、あわてた様子で、走って来た。

「兄貴！　大変だ！」

「どうした？」

「今、あの捕まえてる奴《やつ》が——しゃべったんだ」

「そりゃ口がありゃしゃべるだろう」

「そ、そうじゃないんだよ！」

子分の方は興奮しすぎて、言葉が出て来ないようだ。

「——何だと？」

里見の子分の話を聞いて、白井の顔色が変った。それも無理はない。

どうも、ここに人が少ないと思ったら、里見の後釜《あとがま》に座った沢田という男が、ちょうど里見の死で、松田が油断しているに違いない。今、すぐに松田を叩こう、と言い出したのだった。

叩くったって、肩を叩くのではない。要するに殺しちまえ、というわけである。新親分の命令一下、ほとんどの子分が、松田の所へ殴り込みに出た、というのである。

確かに松田は、里見の死で浮かれている。しかも、白井以下十五人が、ここへ来ているのだ。攻撃されたらイチコロであろう。

「すぐに戻るんだ！」

と白井が怒鳴った。

そのとき、電話の鳴るのが聞こえた。白井は、里見の子分――元、子分――へ、

「出ろ。妙なことをしゃべるなよ」

と命じた。そして、電話に出た男のそばへくっついて、自分も耳を傾ける。

「――ああ、兄貴。――うん、何もない。――そ、そうかい。分ったよ。うん」

白井が呆然《ぼうぜん》としている。

「どうしたの？」

と、ぼくは訊いた。

「ボスが殺《や》られた……」

「松田が？」

「そうだ。電話が入った」

「じゃ、その沢田とかって奴に？」

「そうらしい。……畜生！」

「じゃ、みどりは？」

「分らねえ」

白井は首を振った。白井の手下たちも、かなり動揺していた。そりゃそうだろう。

留守の間に、ボスを殺されちゃ、突然失業したようなものである。

「兄貴、どうしよう？」

と情けない顔で集まって来る。

「馬鹿野郎！」

と、白井が怒鳴った。「しっかりしろ！」

「だって、ボスがいなきゃ、仕方ねえじゃねえか」

「仇《かたき》を討つんだ！」

と、白井は言った。「ここで、連中が戻って来るのを、待ち伏せるんだ。ボスの仇を討とう！」

が、白井の熱っぽい言葉も、一向に効果はないようだった。

「でもなあ……」

「何も、好んで死ななくたって……」

「そうだよ。死んだ人間に義理立てしたって仕方ねえものな」

「早いとこ逃げようぜ」

「それがいい、戻って来る前に逃げなきゃな」

白井は頭へ来たとみえて、

「逃げる奴はとっとと行っちまえ！　五つ数える間に出て行かないと、俺が射ち殺すぞ！」

と、子分の機関銃を引ったくった。

あわてて三人が玄関へ走って行く。

後ろから撃たれるのが一番怖い。他の子分たちは、あの三人が無事に出て行ったと知ると、また一人、また二人、と減って行く。そして、ついに残ったのは、白井、ただ一人だった。

18　ニセ札の隠し場所

「何て奴らだ、畜生！」

白井は悪態をついた。「ボスが亡くなったら、みんな離れて行っちまった。冷たい連中だ」

「どうするの？」

とぼくは訊いた。

「仕方ねえ。一人でボスの仇討ちさ」

「殺されるよ！」

「いいさ。それがこの世界だ」

ぼくには良く分らなかった。あのいけ好かない松田なんかに義理立てすることないじゃないか、と思った。

しかし、白井には白井の考えがあるのだ。あまり余計なお節介はしないことにした。

「おい」

と、白井が、ぼくの方へ向いて言った。

「あの娘もたぶん一緒だろう。俺が連中へ突っ込んだら、その間に逃げるんだ、いいか？」

ぼくは肯いた。

白井は、ここに残っていた連中を、手近な部屋へ押し込めると、機関銃の弾倉を確かめた。

「お前ら、前庭へ出てろ」

と、白井が言って、「騒ぎが起こったら、素早く逃げ出せ。いいな？」

「うん、分った」

とぼくは言った。「ねえ――」

「何だ？　早く行け！」

「分ったよ」

ぼくは諦めて、倉原氏と共に、建物を出ると、門へ行く途中の、茂みに身を潜めた。

少しして、車の音が近付いて来る。

「来たようですね」とぼくは言った。

門の中へと、車が入って来た。三台だが、大分大きく見える。

「みどりがいた！」

と、倉原氏が低い声で言った。

なるほど三台目の車の後部座席に、みどりの姿が見えた。

白井はどうしたろう？　本当にやれるのだろうか？

三台の車が、玄関の前に並んで停まる。さて——みどりも車から出て来た。

そのとき、いきなり玄関の戸が開いて、白井が姿を見せた。

「伏せろ！」

と声がかかると同時に、白井の手にした機関銃が火を吐いた。

何人かが倒れる。みどりが、あわてて地面にしゃがみ込んだ。ぼくは茂みから飛び出して行った。みどりがぼくに気付いた。

後はもう無我夢中だった。みどりと倉原氏とぼくと三人で、走りに走った。

もう大丈夫、という所まで来ると、三人で、ハァハァと喘《あえ》ぎつつ、顔を見合わせる。

みどりと倉原氏が固く抱き合った。ぼくも目頭がジンと熱くなった。

「さあ、行こう」

と倉原氏が言った。「ぐずぐずしていると追って来る」

車の音がした。振り向くと、さっきの、三台の内の一台が、追って来たのだ。

「どうしよう!」

とみどりが父へすがりつく。

そのとき、ぼくは、ベルトに拳銃を挟んでおいたのを、思い出した。

こうなったら、やけだ、拳銃を抜いて、走って来る車めがけて、たて続けに引金を引いた。弾丸がなくなるまで撃ち続けた。

奇跡! 車はキーッと悲鳴を上げると急にカーブを切って、横倒しになった。

「逃げろ!」

拳銃を放り出して、ぼくは叫んだ。三人でまたしばらく走り続けた。——もう、誰も追って来なかった。

白井は、きっと死んだんだろうな、とぼくは思った。

「——どこへ行くの、お父さん?」

とみどりが訊いた。

「ホテルだ、ニセ札を処分しなくては」

「ホテルにあったの?」

「そうとも、気が付かなかったのか?」

　ぼくとみどりは顔を見合わせた……。

「――ここは全部、隅《すみ》から隅まで捜したのよ」ホテルの部屋へ入って、みどりは言った。

「そうか？」

倉原氏は、大分元気を取り戻した様子で、ちょっと愉快そうに言った。「ちゃんとヒントを残しておいたじゃないか」

「ヒント？」

「新聞さ」

「ああ、見ましたよ」

とぼくは言った。「赤ボールペンの囲みですか？」

「そうだよ。ただし裏を見るんだ」

「見たよ、なあ。でも、確か、大仏の大掃除の記事で――」

ぼくの頭の中にある考えが閃《ひらめ》いた。

「分った！　そうか、〈大掃除〉だ！」

「何なの、一体？」

とみどりは面白くなさそうだ。

「大掃除のとき、畳を上げるじゃないか」

「ここに畳ないわよ」

「ここならカーペットだ」

「そうか、分ったわ！」

みどりも手を打った。「カーペットの下、なのね！」

ぼくは、壁際へ行くと、カーペットの端をつかんで持ち上げた。――カーペットの下にびっしりと、お札が敷きつめてある。

「楽じゃなかったよ。あの枚数だろう。しかも、あまり分厚いまま敷くと、踏み心地で分ってしまう」

「さあ、それじゃ、集めようよ」

とぼくは言った。

何時間もかかって、やっとカーペットの下のお札は、何とか全部取り出した。

「これ、どうするの？」

と、みどりが訊いた。

「警察へ持って行こうと思ってる」

と倉原氏は言った。

「警察？　でも、それじゃ叔母さんたちが――」

「話し合ってみるよ。――これはやはり隠しておいてはいけないと思ったんだ。あんな連中のことだ、またどんなことを考えるかもしれない。――警察へ行って、事情を聞いてもらおう」

「そうね。――それに叔母さん、しっかり者だからね」

やれやれ。――ぼくは、洗濯物用のビニール袋へゴミの如《ごと》く押し込んだ、ニセ札をながめた。――これが、ずいぶん人の命を奪って来たんだなあ、と思った。

「あら、いけない」

とみどりが言った。「そこに本物のお札も混ってるのよ」

「ええ？　まさか、全部調べ直すんじゃないだろうね」

ぼくは思わず訊き返した。

エピローグ

「おーい、酒井！」

学校を出た所で、ぼくは呼び止められた。

「何だい？」

「心中、まだしないのか？」

「言ったろ、あれはでたらめだって」

「みんな期待してるぜ」

「冗談じゃないよ。こっちはもうヘトヘトだあ」

「待った？　ごめんね」

と、みどりがやって来た。

「いや、いいんだよ」

と、ぼくは大らかに、言った。

「さあ、どこかへ行こうよ」

「あのね……」

と、みどりは言った。「父がよろしく、って」

「どうしてわざわざ……」

「私たち、東京を離れるの」

ぼくは、しばらくみどりを見つめていた。

「東京にいると、まだ危険もあるし、っていうんでね」

「そう……そうだね」

ぼくは微笑《ほほえ》んだ。「元気でやれよ」

「手紙、出すから」

「うん」

「父が待ってるの。それじゃ、ね」

「さよなら」

ぼくは、ポカンとして、みどりを見送った。

――これで会えないのかな、と思った。まあいいや。――ぼくは肩をすくめて歩き出した。

ヒーローは常に孤独なんだよ。そうじゃないか?

学生時代

1

「昔は良かったよ」

「本当だ」

二人はうなずき合った。

それからしばらく黙り込んで、

「俺《おれ》たちも若かったしな」

「そうだよなあ……」

二人は、校庭の隅《すみ》の土手に、すわり込んでいた。

放課後の校庭には、人の姿がほとんどなかった。

「でも、俺たちがここにいた頃《ころ》は、放課後、いつまでも遊んでなかったか？」

「うん遊んでたよ。先生に、早く帰れってどなられてやっと帰ったもんだ」

土手には、わりと大きな木が並んでいて、天然の塀《へい》のようになっていた。

二人は、その中でも特に大きく枝をのばした木の下に腰をおろしているのだった。

「今は誰《だれ》も残って遊んで行かないのか」

「塾や習い事で忙しいんだろ」

「時代が変ったのかな」

「そうだよ」

二人はまた黙り込んで、校庭をながめた。

すると——何やらクスクス笑う声が聞こえて来たのである。二人は顔を見合わせた。

「おい、変な声出すなよ」

「俺じゃないよ」

「でも——俺でもないぞ」

二人はキョロキョロと周囲を見回した。

「ここ、ここ！」

頭の上から、声が降って来た。

見上げると、太い枝の一本に、女の子が腰かけて、二人を見下ろしている。

「何やってんだ、おい？」

「木に上っちゃいけない？」

少女は紺のセーラー服姿だった。中学三年というところか。

「お前、ここの生徒か？」

「そうよ。あんたたち、卒業生？」

「そうだよ。何で笑った？」

「だって、おかしいじゃない。あんたたち、まだ高一でしょ」

「二年だぞ」

「二年か。まだガキじゃないの」

「何だと？」

「そのくせ、若かったとか、昔はとか、オジンくさいことばっかし言うんだもん。これが笑わずにいられるかって」

「生意気言いやがって！」

「降りて行くよ」

少女が枝から身をおどらせた。

二人の少年。年寄くさい、と馬鹿《ばか》にされた二人は、白木和也《しらきかずや》と田中勇児《たなかゆうじ》といった。

似た者同士の親友だが、ちょっとした違いといえば、和也はインテリっぽく、勇児はスポーツマンタイプということであろう。

「ワッ！」

いきなり少女が飛び降りて来たので、二人はびっくりして、左右へ割れた。

ほんの一瞬だったが、フワリと広がった少女のスカートの中が、和也と勇児の目に映った。

少女は、ストン、とうまく着地した。

「おい、危いじゃねえか！」

と勇児が言った。

「けがすんの、私だからいいじゃない」

と少女は言った。

「まあ……好きにすりゃいいや」

勇児としても、少女のスカートをノゾいたせいもあって、大きなことは言えない。

「君はあんな所で何してたんだ？」

と和也が訊《き》いた。

「別に。木の上が好きなの」

「まるで猿《さる》だな」

と勇児が笑った。

「猿とは何よ！　あんたたちでしょ」

「何が？」

「ノゾキ魔よ」

「おい、何てこと言うんだ！」

と、勇児がいきり立つ。

「待てよ」

和也が止めて、「そういうのがよく出るのかい？」

「だから誰もいないんじゃないの」

少女は、校庭の方をずっと見渡して言った。

「どんな奴《やつ》なんだい？」

と和也が言った。

「わかんないのよ。だから気持悪がってんじゃない」

「どこをノゾくんだ？」

「大体決まってるわよ、女子のトイレ、更衣室……」

「ノゾかれてるってどうしてわかるのさ」

「電話がかかって来るの。変な男の声で」

「どこに？」

「たとえば誰かが更衣室でころんだとするでしょ。すると、その夜にその女の子の家へ電話がかかって、『今日、更衣室でころんだろう』って言うのよ」

「そりゃすごいや」

と勇児が言った。

「警察へ届けたのかい？」

と和也が訊いた。

「もちろんよ。でも手の打ちようがないみたい」

「ふーん」

和也は考え込んだ。

「おい、こいつは、名探偵のつもりなんだ」

と、勇児が言った。

「おい、からかうなよ」

と、和也は苦笑した。

「じゃ、あなたは引立て役ね」

と少女は勇児に言った。

勇児はくさり、和也は大笑いした。

「私は、峰《みね》あかね」

「冗談っぽい名前だな」

二人も自己紹介などして——何となく仲良くなったのが、この一件の発端であった。

2

それから二週間ほどして、和也と勇児がまた校庭に行ってみると、今度は峰あかねが、木の下にすわっている。

「何だ、今日は下か」

勇児が声をかけると、あかねは顔を上げ、

「オス！」

「どうかしたの？」

と和也が訊くと、

「ノゾかれちゃったのよ」

とあかねは言った。

二人は顔を見合わせた。

「いつ？」

「昨日。更衣室でね」

「畜生！　犯人は？」

「例によって不明。――昨日、更衣室でレオタードに着替えてたのね。で、私、盲腸の手術のあとがあるわけ。手で、それにちょっと触ったの。そしたら電話で、更衣室で盲腸の傷をなでていたろう、って」

「君はどうしたの？」

「あんた暇ね、って言ってやったわ」

勇児は、あかねがレオタードに着替えている様子を想像して、ゴクリとツバを飲み込んだ。

「しかし、こりゃ放っとけないね」

と和也が言った。「なあ勇児」

「え？――あ、うん、まあそうだな」

「わかってんのか、おい？」

「どうするの？」

とあかねが訊く。

「僕たちの手で犯人を捕まえてやろう」

「できる？」

とあかねが、目を輝かせた。

「できるさ。名探偵とワトスンがいるんだからね」

「ウルトラマンもいるぜ」

「それ、誰のことよ！」

と、あかねがかみつきそうな顔で言った。

「ともかく、女子の更衣室ってのを見せてくれ」

「え？」

「だって見なきゃわからないよ」

「そうだそうだ！」

と勇児が張り切って言った。

「勇児君はだめ」

「何でだよ」

「動機が不純！」

「ちえっ！」


あかねは更衣室のドアを開けた。

「大丈夫。誰もいないわよ」

「よし。勇児、見張っててくれ。誰か来たら口笛鳴らせよ」

「OK」

和也は中へ入った。何の変哲もない更衣室で、ロッカーが並んでいる。

「君はどこに立ってたの？」

と和也は訊いた。

「そこよ。ロッカーのすぐ前」

「この辺か。——ふーん、どこにもノゾき穴はないようだけどな」

更衣室の壁の上の方は、明りとりの窓がついている。

「あそこからノゾいてるんじゃないのか？」

「でも、あの外はプールよ」

「そうか。じゃ、台の上に乗ってノゾくってわけにいかないんだ」

「それでいてノゾいてるんだもの、奇妙でしょ？」

「うん。そうなると——」

和也は天井を見上げた。

「あれは……」

「え？」

とあかねが訊く。そのとき、

「君たち、何をしてる！」

と声が響いた。

「校長先生！」

白髪の、厳格な教師の見本みたいな紳士が、立っていた。そばで勇児が小さくなっている。

「ごめん」

と勇児が言った。「でも、お前もドジだよ。俺、口笛吹けないの、知ってんじゃないか」

――三人は、散々油を絞られて、やっと解放された。

「ああ、畜生、ツイてねえ！」

と勇児はぼやいた。「何か食べようぜ」

いやなことを忘れるには、食べるのが一番というわけで、三人は、近くのアンミツ屋へ入った。

「あれが今の校長？」

と、和也が言った。「ずいぶんやかましい感じだなあ。俺たちのときの校長はいい人だったけど」

「須見一郎《すみいちろう》っていえば、教育界じゃちょっと名の知れた人よ」

「俺、知らね」

「当り前だよ。――須見っていえば、今の新校舎建てるときに、副校長として来た人だな。僕らはほとんど見たことなかった」

「ねえ、さっき和也君、天井の方向いて、何か言いかけたじゃない」

「え？　ああ——ほら上の方に凸面鏡があったじゃないか。あれ、何だい？」

「ああ、あのこと？　ちょっと映して見るのに便利だし、それにあのロッカー、L字型になってるから、誰か入って来ても、場所によっちゃわかんないのね。で、あれがあれば、見えるし、ってわけ」

「なるほどね。万引防止みたいなもんか」

と、和也がうなずく。そこへ、

「おい、白木と田中じゃないのか！」

と声がした。

「あ、河井《かわい》先生」

「何だ、お前ら二人で峰を誘惑しようってのか？」

かつて担任だった、大柄な河井が、二人の肩をポンとたたいた。

「あれ、先生、この二人、知ってるんですか？」

「もちろんさ。クラスのワルだったからな」

「先生ひどいですよ」

「ハハ……。どうしてお前ら、峰のこと知ってるんだ？」

「実は……」

と和也が渋っていると、あかねが、ペラペラと、一部始終をしゃべってしまった。

「すると、須見校長に怒られたのか」

と河井が笑った。

「おかしくないですよ」

と和也が言った。

「心配するな。あの校長には誰でも一度は怒られてる」

「そんなにすごいんですか」

「あの校長が来てから、教師たちはみんなビクビクしてるよ」

「それでいて、そんなノゾき屋がいるなんて皮肉だね」

と勇児が言った。

「あれか。──全く困ったもんだ。頭の痛い話さ」

河井は和也を見て、「お前はそういえばミステリーファンだったな。何かアイデアはないのか?」

「ないこともありません」

和也は、ちょっと思わせぶりな口調で言った。

3

「——何を始めるの？」

とあかねが言った。

和也の家の二階、和也の部屋で、三人は地図を広げていた。

「まあ見てろよ」

和也は地図の上に、赤いマジックで筋を引いた。

「それ何？」

「これが女子更衣室の位置さ。そして、採光窓はこの側にある」

「でも窓にはレースのカーテンが引いてあるのよ」

「それはそうなんだがね……」

和也がその窓の位置から、定規で真っ直ぐに線を引いた。

「さて、この線の近辺に、高層の建物があるかどうかだ」

「どういうこと？」

「あの更衣室をノゾく方法はただ一つ。高性能の望遠鏡か、望遠レンズをつけたカメラしかないよ」

「でも、窓しか見えないでしょ」

「窓の奥に、凸面鏡がある。——その鏡を十分に大きく見られれば、十分ノゾキの役に立つよ」

「そんなこと……」

「君は千ミリの望遠レンズ、ノゾいたことないだろう。相当に大きく見えるものなんだ」

「レースのカーテンは？」

「望遠レンズは焦点の合う範囲が狭いんだ」

と、和也が言った。「つまり、あの鏡に焦点が合うと、レースのカーテンは、ずっとぼけて来る。あまりじゃまにはならないよ」

「ふーん」

勇児はよくわからない様子である。

「ともかくそこに犯人がいるのね。どうやって探すの？」

「待てよ」

和也は、地図を見て言った。「昼間、君らのことを見てるんだから、会社のビルじゃない」

「マンションだわ、きっと」

「うん。――一つ、二つ、三つか。――まずこの中にあると見ていいと思うよ」

「じゃ早速――」

「待てよ」

と勇児が言った。「三つのマンションっていえばすごい戸数だぞ。どうやって調べるんだ、一体?」

「そう大したことないよ」

と和也は言った。

「まず下の方の階は関係ない。かなり高い階でないと、学校まで見通しがきかない」

「この三つのマンションがどれも高層とは限らないものね」とあかねが言うと、和也はうなずいて、「その通り! 頭いいね、さすが!」

勇児は一人でむくれていた。

「ともかく、善は急げだ。この三つのマンションを見に行こうぜ」

と和也は言った。

「――これが最有力候補ね」

と、あかねが言った。

そのマンションは十四階建。赤レンガ色の、かなりの高級マンションだった。

他の二つの内、一つは六階建で低すぎるし、もう一つは十階建だが、ちょうど学校のある方向に、同じぐらいの高さのビルが建っていた。

「――さて、後はどうする？」

と勇児が訊いた。

「後は明日だな。――おい勇児、お前明日は学校休めるか？」

「休む？」

と勇児は目を丸くした。「俺のとこ、親がうるさいんだ、ズル休みすると」

「一日だけだよ。あかねのためだぜ」

この一言には弱いのである。

「分ったよ」

と、勇児は渋々うなずいた。

次の日、和也と勇児は、学校へ行くと称して家を出て、途中、姿をくらまして、二人がよく知っている空地で落ち合った。

「何だ、それ？」

と勇児は、和也が持っている大きな箱を指さした。

「双眼鏡だよ」

「ずいぶんでかいな！」

「父さんのだからね。ばれたら大変だ」

「どうするんだ、それで？　俺たちもノゾくのかい？」

「何てこと言うんだよ！」

「冗談冗談。そうこわい顔すんなよ」

「さ、来いよ」

二人は、スーパーマーケットの入ったビルに入ると、屋上へ上った。

もちろん、高さは七階しかないのだが、少し離れて、あのマンションがよく見える。

「ちゃんと捜しといたのか？」

「うん」

「一人でいいとこ見せやがって」

と勇児はすねて見せた。

「さて、ここから、マンションのベランダをずっと見るんだ。交替だぞ、三十分ごとだ」

「OK。カメラを構えた奴を捜すんだな、任《まか》しとけ」

「必ずしもテラスに出ちゃいないぞ」

「え？」

「目立つから、たぶん部屋の中から見ているだろう」

「そりゃ大変だな！」

「目を皿のようにして見るんだぜ」

と和也は言った。

——一時間、二時間、と時間が過ぎた。

「おい、もうだめだよ」

と勇児が音を上げる。

「何だよ、あかねのためだぞ」

「見るよ」

——こんなことのくり返しで、昼になった。

「よし、昼飯にしよう」

和也は言った。「どうせ昼休みは更衣室は使わないからな」

「何かおごれよ」

「わかってるよ」

と和也は苦笑した。

午後一時を少し過ぎたとき、

「——おい！」

と和也が声を上げた。

「どうした？」

「何か見えた。——丸い物だ。レンズらしいぞ。——そうだ！」

「顔は？」

「見えない。しかし、大丈夫。部屋さえわかればな」

「そうか」

「待てよ。——十……二階だ。端から……二、三、四番目だ」

和也は双眼鏡をおろした。「さ、あのマンションへ行ってみよう！」

「なぐり込みなら任せてくれよ」

と、勇児が腕をたたいた。

「よせよ。ぼくたちでどうこうできる問題じゃない」

和也は双眼鏡をケースにしまいながら歩き出した。

マンションへ着くと、下の名札をながめる。

「十二階か」

「一二〇四は、三谷《みたに》って野郎だぜ」

「待てよ、あの部屋は四号室じゃない。逆の四つ目だ」

「何だ、そうか」

「つまり……一二〇七だ」

二人は名札を見た。

——そして顔を見合わせた。

名札は〈須見〉とあったのだ。

4

「まさかあ！」

あかねはケラケラと笑った。

「冗談じゃないってば」

と、勇児が言った。

「じゃ本当に――？」

「うん、須見校長の部屋だよ」

と和也はうなずいた。

「あきれた！　あの校長……ひっかいてやるわ！」

「まあ落ち着けよ。こっちも証拠があるわけじゃない。知らんと言われりゃそれまでだしね」

「どうするの？」

「うん……」

和也は考え込んだ。「一つ気になるのは、校長はたいてい学校にいるだろ？　それでどうやってあそこを年中ノゾいてるのかってことなんだ」

「でもマンションまですぐ近くよ」

「だからって、女子の体育の時間の度に家へ戻っていたら、変に思われるよ」

「そうか……」

「それを確かめる方法はただ一つだな」

と和也は言った。

「何なの？」

「現場を押えるのさ」

と和也は言った。


須見校長は、廊下を歩いていた。

向うから来た女生徒が、校長を見て一礼する。

「やあ、どうした？　授業中だろう」

「ええ。ちょっと……気分が悪くて」

と女生徒は、青白い顔をしてうつむいた。

「そうか。大丈夫？　保健室へ行ったらどうだ？」

「いえ」

と首を振って、「体育の時間のレオタードをそのまま着ていたんで、気持悪くなったと思うんです。ちょっときついので、更衣室で脱いで来ます」

「そうか。じゃ、気を付けるんだよ」

「はい」

女生徒が、歩いて行く。

須見校長は、足を早めて、校長室へ戻った。

女性秘書があわてて、読んでいた週刊誌を閉じた。

「お帰りなさいませ」

「今は昼休みじゃないよ」

「申し訳ありません」

「二十分ばかり休む。誰も入れないでくれ。電話もつながないで」

「はい」

須見が奥の部屋へ入って行くと、秘書はホッとした。やかましいんだから、もう！

救いは、血圧のせいで、時々、こうして二十分か三十分、仮眠を取ることだ。

「もう少しだものね」

とつぶやき、秘書は週刊誌をめくった。

須見は部屋へ入ると、カーテンを閉めドアのかけ金をかけた。

そして、上衣を脱いで、机の引き出しの奥から、革のジャンパーを取り出した。

そしてヘルメット。

たちまち、オートバイのライダーのスタイルが出来上る。

須見は、書棚の一つを手前に引いた。——まるでドアのように棚が開いて、そこに本物のドアが現れた。

須見はそのドアを開けた。

校舎の裏手がすぐ雑木林になっている、その中に、須見は出て来た。ドアは外から見ると壁と区別がつかない。

そして須見は、林の奥に隠したオートバイのカバーを外してまたがった。

エンジンがうなって、須見は、林の中の細い道を走り抜けると、広い通りへと飛び出して行った。

マンションまで、ほんの二、三分である。エレベーターを待つのももどかしく、十二階へ。

自分の部屋へ飛び込むと、カメラを戸棚から取り出した。

「――間に合ったな」

とつぶやく。

凸面鏡に、少女の体が、映し出されている。

じっと見つめながら、ピントを合わせる手が小刻みに震えていた……。


「――校長先生」

秘書がノックした。

「何だね？」

「もうよろしいですか」

「いいとも」

ドアを開けると、河井が入って来た。

「君か。何か用かね」

校長はにこやかに微笑《ほほえ》んで、言った。

「校長。――辞任して下さい」

河井は言った。

須見はポカンとしていたが、やがて笑い出して、

「何だね、突然？」

と椅子《いす》にもたれた。

「女子更衣室をノゾいては電話をかけていたのは校長ですね」

須見の顔色が変った。

「何を言うんだ！　私を侮辱《ぶじょく》する気か！」

「これを」

河井が、大きく引き伸ばした写真を、須見の前へ投げ出した。

須見は、じっとそれを見つめた。

「カメラを構えている、ジャンパー姿の校長です。——スーパーの屋上から、望遠レンズで撮ったのです」

「誰が……これを……」

「私と数人の生徒たちです。そして、女優一人と」

「——女優？」

「校長がさっき廊下でお会いになったのは、若いモデルさんです。金を払って、ちょ

っと演技してもらったのですよ。校長室から、雑木林へ出るドアも、見つけました。せっかく作ったドアを書棚で塞《ふさ》ぎ、外側は壁と同じように見せかけたんですね。それほどまでして……。──校長、これが明らかになる前に辞任して下さい」

須見は青ざめた顔で、じっと目を閉じていた。

「──君の話は分った」

しばらくして、須見は言った。「少し時間をくれないか」

「わかりました」

河井は、校長室を出て行った……。


あかねと、和也、勇児の三人は、校庭の土手の木の下にすわっていた。

「──何か寂しいわ」

とあかねが言った。

「後味よくねえな」

と勇児が言った。

「仕方ないよ」

和也が肩をすくめる。「校長が自殺するなんて、わかんなかったもんな」

あかねが大きく息をついて、

「――私たちも変ったけど、先生の方も変ってるのよ」

「どういう意味？」

「先生だって人間だってこと。――いつまでも聖職者でいようとするから、あんな風になっちゃう」

「それは一理あるよ」

と和也が言った。「僕ら学生にとっても、〈学生時代〉は昔の話だけど、先生たちにとっても、きっとそうなんだ」

しばらく間を置いて、勇児が言った。

「昔は良かったなあ」

――あかねが笑い出した。

そして、和也も勇児も、一緒になって笑い出した。

それから男二人は校庭へ駆け出して行き、あかねは木に登ると、枝に腰かけて、二人に向って思い切り手を振った。

ぼくと私とあなたと君と

1

「どうしてくれんだよ、一体！」

とぼくはわめいた。

「仕方ないでしょ、引き受けちゃったんだから」

と彼女の方もふくれっつらである。

二人はしばし押し黙った。――ここはぼくの部屋で、彼女はぼくのガールフレンドで、ぼくの両親は旅行中、と来れば、二人が押し黙って、ラブシーンへと移行すると思うのが普通だろうが、残念ながら、今は二人ともとてもそんな気分じゃなかったのだ。

親父《おやじ》は会社の勤続二十年だかで、香港《ホンコン》旅行。もちろんお袋同伴なので、一人っ子であるぼくは無情にも、一人とり残されたというわけで……まあ十八歳にもなりゃ、とり残された方がよっぽど楽しい。

あ、ところでご挨拶《あいさつ》が遅れたけど、ぼくの名は武井浩臣《たけいひろおみ》という。大学受験を来年に控えた、ごく平凡な高校三年生である。

自ら平凡であることを認めるというのは、ちょっと辛《つら》いとこなんだけど、公平に考えてみて、どこか非凡な所はないかと捜してもむだだと思うので、まあ仕方ない。

一緒にいるガールフレンドは、中学校のときからの同級生で、縁があるというか——彼女に言わせりゃ腐れ縁だが——高校三年の今まで、ずっと同じクラスにいるのである。

で、今、なぜ二人が押し黙っているかというと——あ、彼女の名前は木原亜希子《きはらあきこ》というのだ。付け加えておくと、もともとなかなかの美人であり、このところめっきり女らしくなって来たという、もっぱらの噂《うわさ》……と、これはぼくの勝手な感想だが。

ただ、見かけによらず、しっかり者で気の強いのが玉にキズなのである。

ところで、話を戻すと、そもそもの始まりは、三日前の昼休み、校庭をぶらついていたぼくが、いやにしょんぼりした様子で木陰《こかげ》に立っている亜希子を見付けたことだった……。

「——何してんだよ」

「ああ、ヒロミ」

と、亜希子は、ちょっとホッとした顔で言った。

ぼくの名は前に書いた通り浩臣だが、亜希子は言いにくいからと、ヒロミと呼んでいるのだ。

「元気ないじゃないか」

「ちょっとね……」

「何かあったのか。——あ、振られたんだろ、男に」

「馬鹿《ばか》！」

亜希子は笑いながら言った。

「——日曜日のゼミの模擬テストのことなのよ」

「ああ、予備校の？　何を困ってんだ。いやなら受けなきゃいいじゃないか」

「そうじゃないの。代理、頼まれちゃってんの」

「代理？」

「そう」

「じゃ、誰《だれ》か捜せばいいじゃないか」

「いないのよ、それが」

と亜希子は、お手上げという様子で、手を広げて見せる。「何しろクラブの先輩の頼みなのよ、二浪してるんでね。断れないんだなあ。散々心当りを当たってみたんだけど、みんなだめ」

「じゃ、亜希子、自分でやったら？」

亜希子はぼくをキッとにらんだ。

「私に男になれってのー！」

「何だ、男なのか、その先輩って。それ言わなきゃわからないぜ」

ぼくは苦笑いして、「ぼくでよかったらやってやるよ」

「だって――ヒロミ、日曜日はクラブがあるんでしょ？」

「今度の日曜日は休みなんだ。部長が盲腸で入院しちゃってさ」

「それ早く言ってよ！――ああ、助かった！」

亜希子は大げさに息をついた。それから、ちょっと心配そうな顔になって、

「でも、先輩に恥じない点数、取ってよ」

と言った。

そして――今は土曜日の夜である。

「誰かいないのかよ」

とぼくは言った。

「いりゃ、こんなに困った顔してないわ」

と、亜希子は言った。

「それにしたって……。こんな風にしててもどうにもなんないぜ。諦《あきら》めて亜希子が替るしかないよ」

どうも話が通じていなかった、というのか、その先輩が頼んで来たのは、実は自分の代理でなく、ガールフレンドの代理で、つまり、女の子を捜さなくてはならなかったのである。

ところが、それが分ったのが、ほんの一時間前。あせった亜希子は方々へ電話をかけまくったのだが、ついに引き受けてくれる子を見付けられなかったのである。

だから、ぼくとしては、亜希子自身の申込みはフイになるけど、亜希子がその女の子の代理をやるしかないじゃないか、と、至って論理的な結論を出したのだが、亜希

子は、

「私、あのテストはずっと受けてるのよ。どうしても落としたくないの」

と、言い張っている。

「だって、替りがいないんだろ」

「そう」

「その先輩に、見付けるって言っちゃったんだろ」

「そう」

「じゃ、亜希子がやるしかないじゃないか」

この論理に反論できる人間がいるはずはないと思うのだが、

「そこを何とかしたいのよ」

と、亜希子は頑張《がんば》っているのである。

「無理は無理だよ。先輩に頭下げるか、それとも自分が諦めるかだな」

「ヒロミって冷たいのね。そういう人だとは思わなかったわ」

「ぼくはただ事実を述べてるだけさ。ぼくがその女の子の替りをするわけにはいかないんだからね」

亜希子は渋い顔で、ぼくのベッドの上にドタッと横になった。そして――ふっと笑った。何か思い付いた、という顔である。

「ね、ヒロミ――」

と起き上がる。

「何だよ」

亜希子は何やら考えながら、

「今思ったんだけどさ……」

「うん」

「今、二人きりでしょ、わたしたち」

「まあそうだな」

「ここ、ヒロミの部屋」

「当り前だろ、そんなこと」

「どうしてキスしないの、私に」

ぼくは耳を疑った。

「今……何て言った?」

「私にキスしたくない?」

ぼくはゴクンと生ツバを飲み込んだ。ぼくと亜希子ってのは、仲は良くても、いわゆる恋人とか、そんなムードじゃ全然なくて、平気で一緒に風呂でも入れる――本当に入りゃしないけど――ような、そんな付き合いなのである。

その亜希子が、突然そんなことを言い出したから、こっちはびっくりしたのだ。

「おい、亜希子――」

「他の子とキスした？　私、まだ未経験。遅れてんのよねえ」

亜希子は近寄って来ると、ぼくの方へ身をかがめた。唇が触れて――何ともあっけなく、ぼくのファーストキスは終了したのだ。

「どうなってんだ？」

ぼくは狐《きつね》につままれたような気分で言った。

「私の唇を奪ったからには、約束を果たしてもらうわよ！」

突然、亜希子が高らかに宣言した。

「何だよ、おい！　そっちが勝手に――」

「いいえ、いやがる私を無理やりに押さえつけてキスしたって言ってやるわ」

「誰に？」

「私のパパ」

「やめてくれ！」

亜希子の父親は柔道何段という猛者《もさ》なのだ。

「じゃ、約束を果たして」

「約束って、何の？」

「決まってんじゃない、明日の模擬テストよ。その子の替りにあなたが行くの」

「無理だよ！　ぼくは男だぜ！　女の子の名前の受験票でぼくが受けたら、一発でバレちまうよ」

「だからね」

と、亜希子は微笑《ほほえ》んだ。

「ヒロミが女の格好して来りゃいいのよ」

ぼくはギョッとして亜希子を見た。

「——びっくりさせるなよ。本気かと思ったぜ」

「あら、本気よ」

「無茶だよ、そんな……」

「大丈夫。ヒロミ、色白だし、ヒゲだってそう濃くないし、ヘアピースつけて、女の子の服着りゃ、立派なもんよ」

「おい、いくら何でもひどいよ、そんな……。大体、女の服なんてないぜ」

「私の貸してあげる。いいじゃない、私の頼みなんだから」

「だけど……絶対いやだ！　どうしてそんなみっともない真似《まね》しなきゃなんないんだ？　いやだよ、絶対にいやだ！」

いくら亜希子の頼みだって、これはめちゃくちゃだ。ぼくは断固として拒否することにした。

2

「ほら、そんなに大股《おおまた》で歩くと、おかしいわよ」

と、亜希子が言った。「ちょっと、腕まくりしないで！　女の子らしくしてよ」

そんなこと言われたって……。

ぼくは生きた心地もなかった。電車に乗って、模擬テストのある予備校へ行く途中である。

もちろん都内の方々の高校から受けに来ているのだが、それにしても、同じ高校の奴《やつ》だって、五人や六人はいるはずで、この格好を見られたらどうなるだろうと思うと、冷汗がタラタラと背中を流れるのだった。

亜希子の方は至って気楽に、スポーツシャツとスラックスといういでたちだが、男が女のふりをしようというのだから、そういうわけにはいかない。

こっちは、ふわりと広がったスカート、ブラウスに薄いカーデガン。季節的にはちょっと暑いのだけれど、まさかニョキッと腕を出すわけにもいかず、じっと堪えている他はなかったのである。

顔の方は、まさか変装するというわけにもいかないので、そのまま。ただへアピースをつけて、メガネをかけると、不思議なくらい別の顔になるのには、鏡を見てびっくりしてしまった。

「――いい？　あなたは矢口浩美《やぐちひろみ》なんだからね」

「分ってるよ」

「しっ！　大きな声出さないで」

浩臣と浩美。まるきりの偶然なのだが、これで気が楽になるというものでもない。

「点数は保証しないぞ」

とぼくは低い声で言ってやった。

「何とかなるわよ。——そうだ、忘れてた」

と、亜希子は手を打って、自分の鞄《かばん》を開けた。「はい、これ」

マスクだった。なるほどこれなら大分顔が隠れるってものだ。

「これで風邪《かぜ》ひいてることにするの。何か声かけられたりしても、答えちゃだめよ。ちょっと喉《のど》をゼエゼエ言わせて、マスクを指して見せれば、みんな、ああ、風邪で声が出ないのかって思ってくれるわ」

ぼくは喜んでマスクをした。顔が隠れるものなら、ウルトラマンのお面だってかぶってもいいような心境だったのだ。

「それから、答案は少していねいに、女らしい優しい字で書いてね」

無茶言ってら。大体、亜希子の字からして、とても優しいとは言えない、「元気がいい」としか賞《ほ》めようのない字なのである。

まあ、ともかく、ああしろこうしろと、亜希子の注文が続く中を、ぼくたちは模擬テストの会場へ到着した。

ここから先は、亜希子とは別のクラスになる。少し心細かったが、ここまで来れば覚悟を決めるしかない。

席について、受験票を机の上に置く。そっと教室の中を見回したが、幸い見知った顔はないようだった。

それにしても……全く、何でぼくがこんなことをしなきゃならないんだ？　今さらながら、ぼくはため息をついていた……。

しかし、テストそのものは、別に支障なく進んで行った。

何しろ、こういう所へ来ている連中は、大体人の顔なんか見ているヒマはないわけで、休み時間も辞書や問題集と首っぴき。まあ、こっちだって普段はそんな風なのだから、人のことを言えた義理ではないが。

ともかく、そのおかげで、こっちはジロジロ見られることもなく、二時間目のテストからは、かなり落ち着いてやれた。

妙なもので、自分のテストじゃないと思うと、かなりリラックスして、いつもなら頭をひねる問題も、割に楽々と解けたりして……。

かくて、テストは順調に終ったのだった。

ただ一度、ちょっとドキッとしたのは——。二時間目の後の休憩のとき、ここの予備校の人らしい、ちょっとくたびれたようなおっさんが、教室へ入ってきたのだ。

もう五十歳ぐらいか、一応背広姿ではあるんだけれど、何とも薄汚れていて、顔もひげがのびて、どうにも浮浪者まで後一歩という感じなのである。

そのおっさん——いや、その男は、チョークのケースを取替えに来たようで、黒板の袖《そで》で何かモゾモゾやっていたが、やがて用も済んだのか、戻ろうとした。そして、ふとぼくの方へ目をやった。

まるで幽霊でも見たような、とは、ああいうことを言うのだろう。息を呑《の》んで、手にしたケースを取り落とし、ガチャン、と派手な音を立ててチョークが床にぶちまけられた。

みんなが驚いて顔を向けたので、そのおっさんも我に返り、あわててチョークを拾い集めて、ケースに戻した。それから、ぼくの方をまじまじと見つめ、そして、急ぎ足で出て行った。

おかしいな、とぼくは首をひねった。——そんな、一目見てギョッとするほどひどい様子をしてりゃ、他の誰かだって、けげんな顔ぐらいしそうなものだ。

だが、そのとき、開始のベルが鳴って、ぼくはそんな冴《さ》えないおっさんのことは、頭の中から追い出してしまったのである。そして、テストが終ると、すぐに亜希子がやって来た。ぼくはガッツポーズを作って見せた。

「——ご苦労さんでした」

と、亜希子が言った。「いくらでも好きな物をジャンジャン食べてちょうだい」

そう言われたってね。――ラーメン屋なんかじゃ、好きなものをいくらでもったってね。困っちゃう。

まあ、亜希子がおごってくれるというんだから、そこは彼女の気持を味わうことにしよう。

テストの帰り、持って来ておいた自分の服に、デパートのトイレで着替えて、やっと落ち着く。そのついでに近くのラーメン屋へ入ったのである。

「またやったら？」

などと、亜希子は気楽なことを言っている。

「冗談じゃないよ」

とぼくは苦笑いした。

ラーメンをすすって、まずホッと一息。

「――遅いわねえ」

と、亜希子は言った。

いや、亜希子は食べるのが凄《すご》く早いのだ。さっさと先に食べ終って、前の人が置いて行った新聞を広げている。

「しかし、結構、あれじゃ他の奴が受けたって分んないよね」

とぼくは言った。

「でも、当人が受けなきゃ意味ないじゃないの」

「ああ。——今日はどうして代理なんか立てたんだい？」

「知らないわ。そんなこと訊《き》けないじゃない、先輩に」

「そりゃまあそうだけど」

「きっと先輩のガールフレンドか何かでしょ」

「やれやれ。そのためにこっちは女装してテストを受けたんだぜ」

「いいじゃないの。キスしてあげたんだから。それともキスだけじゃ不服？」

「そうじゃないよ。ただ——おい、どうしたんだよ——」

と訊いたのは、新聞を開いて、ながめていた亜希子が、アッと短く叫び声を上げたからだった。

「おい、亜希子。——どうしたんだ？」

「見て……」

と亜希子が新聞をこっちへ差し出した。

「ええ？——どこ？」

「その記事。〈女子高校生殺さる〉っていうのあるでしょ」

「うん」

「被害者の名前見てよ」

ぼくの目は、その活字に吸い寄せられて行った。――不思議に、知っている名前というのは、目につくのである。

そこには、殺されたのは「矢口浩美（18）」とあった。

「――同姓同名じゃないの？」

とぼくは言った。

「高校の名も同じよ」

「そうだな。でも……殺されてたなんて……」

記事によると、矢口浩美は、自宅の二階、自分の部屋で殺されていた。一人っ子で、両親は外出中だった。死因は絞殺。暴行の形跡はない……。

死体は昨日、夜遅く、帰宅した両親が発見した、とある。

「おい！」

とぼくは頭へ来て言った。「じゃぼくは、死人の代理をつとめたのか？」

「仕方ないじゃないの。知らなかったんだもの」

「でも――これが分ったら、大騒ぎだぜ」

とぼくは言った。「幽霊がテストを受けに来た、ってさ」

3

次の日、珍しく、授業が始まる十五分も前に学校へ着いた。

「――ヒロミ」

と、亜希子が急ぎ足でやって来る。

「やあ、何だよ」

「ちょっと来て」

「え？」

「いいから！」

と、亜希子はぼくの手を引っ張った。

「な、何だよ――」

泡《あわ》食ってついて行くと、亜希子は、校舎の裏手の、あまり人目のない所まで行って足を止めた。

「おい、授業、始まっちゃうぜ」

とぼくは言った。

「それどころじゃないのよ」

亜希子が珍しく困った様子で言った。

「矢口浩美って子が殺されたでしょう」

「うん」

「あの件でね、先輩が疑われてるの」

「へえ。やっぱりガールフレンドだったのかい?」

「そう。まずいことにね」

「で、犯人だと……」

「警察じゃ思ってるらしいの」

「まさか、僕が女装して行ったことがばれないだろうなあ」

「何よ、いいじゃないの。殺人の容疑かけられるより」

「そりゃまあ……そうだけど」

「で、ちょっと頼みがあるんだ」

「また女装しろってんじゃないだろうな」

「違うわよ」

「よかった」

「その先輩を、かくまってやってくれない？」

ぼくは唖然《あぜん》とした。

その後の、亜希子とぼくの論争は省略することにしよう。どっちみち押し切られるのはこっちなんだから。

「それにしても無茶だなあ」

とぼくは言った。

「友情のためよ。我慢《がまん》しなさい」

「しかし……ぼくの所にかくまうったって――」

「いいじゃない、おたくの両親、まだ帰って来ないんでしょ」

「それにしたって、明後日には帰って来るんだぜ」

「それまでに犯人が捕まるかもしれないし、さ」

と、亜希子は呑気《のんき》なもので、「うちにかくまうったって、両親いるし、私の部屋狭いしね。かくまうならベッドの中ぐらいしかないんだなあ」

「うちでいいよ」

とぼくは即座に言った。「――おい、授業始まってるぞ！」

ぼくらは急いで駆け出した。


「――済まないね、迷惑かけて」

と、その「先輩」は言った。

「どういたしまして」

「私、夕ご飯作ってあげるから」

と、亜希子が張り切っている。

その人は、見たところ、もう大学生という感じの、ちょっと大人びた男性で、二浪してるから二十歳ぐらいのはずだが、ずいぶん落ち着いた感じがする。

これがにやけた二枚目気取りか何かだったら、にらみつけてやるのだが、とても穏やかな、いい人なので、あまり抵抗はなかった。

「――矢口浩美って子とは、長い付き合いだったんですか？」

亜希子の作ったカレーライスを食べながら、ぼくは訊いた。

「いや、この半年くらいかなあ」

と、本間《ほんま》さん――その先輩の名である――が言った。「あの子と長く付き合っていられる奴はいないだろうな」

「そんなに――その――」

「浩美は、ちょっとした悪女だったよ」

と本間さんはため息と共に言った。

「絶えず色々な男と遊んでて、相手にやきもちをやかせたりするのが好きだったんだ。また、それだけの魅力のある子だったしね」

「ふーん」

と、亜希子がちょっと面白《おもしろ》くなさそうに言った。

「しかし、もうこりてね。別れる決心をしたんだ。何しろ、こんなことやってちゃ、受験勉強なんて、できやしない。だから、もうきっぱりと別れることにして、あの前の日に、そう言ったんだ」

「前の日……というと、死体が見つかったのが土曜日ですから金曜日ですね」

「そうなんだ。いや、その話で頭が一杯でね、木原君に、彼女の代理を頼んだりしたこと、全然忘れていたんだ。申し訳なかった」

何だ、阿呆《あほ》らしい。謝《あやま》るならこっちへ謝ってほしいよ。

「いいえ、いいんです、そんなこと」

と、亜希子は言って、「で、どうして先輩が疑われたんですか？」

「うん、それで金曜日にその話をしたら、彼女は明日、家へ来てくれって言ったんだな。話は分ったけど、こっちも一晩考えたい、ってわけだ。それで、ぼくも行くと言った。――土曜日の昼過ぎに、彼女の家へ行ったんだ。――彼女は割合に上機嫌《じょうきげん》で、上ってくれと言って、家の人が留守だったので、居間で、コーヒーなんかを出してくれた……」


「なぁ、昨日の話だけど――」

と、本間は言った。

「ちょっと待ってよ、せっかくいい気分でいるのに」

と、浩美は、ソファに斜めにもたれかかるように座って、「――あなたは別れたいんでしょ」

「うん……」

多少のためらいはあったが、本間はきっぱりと言った。

ここでまた逆戻りしたら、何にもならない。

「そう。——じゃ、仕方ないわね」

浩美はアッサリと言って、肩をすくめる。本間は、ホッとして、

「俺《おれ》なんかよりましな奴が大勢ついてるじゃないか」

と言った。

浩美はちょっと笑って、

「いいわ、それじゃ、気持良く別れましょ」

と立ち上った。「ああ、ちょっとそこで待ってて」

「何だい？」

「座って。——あなたにはずいぶんわがまま言って、迷惑かけて来たわ。だから、ちょっとあげたいものがあるの」

「おい、よせよ。そんなことといいんだ」

「いいえ、私の気が済まないもの。ね、待ってて、上で呼ぶから」

と、浩美はさっさと居間を出て行く。ドアが閉って、階段を上って行く浩美の足音が、本間の耳に聞こえて来た。

本間の胸が、ちょっと痛んだ。——俺はあの子を誤解していたんじゃないか、と思

った。本当は心の優しい、ただ、ちょっと気まぐれなだけの子じゃないのか……。

ともかく、本間は座って待っていた。

五分ほどたったとき、玄関のチャイムが鳴った。彼女の返事がないので、本間は、居間を出て玄関のドアを開けた。

「どうも――」

と、男が一人、デパートの包みを持って立っていた。「お届け物です」

「ああ、そう。今――ここの人いないんです。ぼくは留守番で」

「じゃ、受け取っといて下さい」

「いいですよ」

と、本間は言った。「ただ預かりゃいいんですか?」

「ええ、いいです。じゃよろしく」

と、男はヒョイと頭を下げて出て行った。

本間は、居間へ戻って、その包みをテーブルに置いて、ソファに座った。十五分くらいたって、あまり遅いので、本間は二階へ上って行った。浩美の部屋は分っている。

「おい浩美」

と、ドアをノックした。「何やってんだ？　入るぞ」

ドアを開けて、本間は立ちすくんだ。

「——彼女は、ベッドに仰向けに倒れていた」

と、本間は言った。「首の周囲に、紐《ひも》が巻きついていて……。一目で死んでるのが分ったよ」

ぼくと亜希子はユックリ肯《うなず》いた。

「で、逃げて来ちゃったんですか？」

と、亜希子が言った。「二一〇番すれば良かったのに」

「分ってるよ。でも、怖いというより、何だかわけが分らなくなっちゃったんだ」

そりゃそうだろう。こっちは死体を前にしてるわけじゃないから、ああすりゃいい、こうすりゃよかった、と言っていられるのだ。

「でも変ね、家には誰もいなかったんでしょ？」

「そうなんだ。でも俺はやってない」

「分ってます。先輩がそんなことをする人でないくらい……」

「ありがとう」

「でも、まずいんじゃないかな」

とぼくは言った。「こんな風に逃げちゃ、却《かえ》って疑われますよ」

「それは分ってるんだ」

と、本間は肯いて、「ただ、木原君は知らないだろうが、俺は高一のころ、一時ぐれて警察沙汰《ざた》を起こしたことがあるんだ」

「先輩がですか?」

と、亜希子は目を丸くした。

「そうなんだ。もちろん今は関係ないけど、そのころはかなり悪い連中とも付き合ったことがある。だから、警察と関《かかわ》り合うのがいやなんだよ」

「でも、ここにも明日までしかいられないし……」

「分ってる。でも、その間に、犯人が捕まるかもしれない」

どうも、それは希望的観測に過ぎるような気がしたが、黙っていた。

「でも、その浩美って子は、色々な男の子と付き合ってたんでしょ? それなら、警察も慎重に調べるんじゃないかしら」

と、亜希子が言った。

「その家に本間さんがいたことは、警察が知ってるんですか?」

「たぶんね。家へ入るとき、隣の人が出て来て、顔を合わせたんだ。向うもこっちの顔は何度か見てるから憶《おぼ》えてるだろう」

「ふーん」

ぼくはカレーを食べ終え、腕を組んだ。

「でも……客が来てる家へ上り込んで、人を殺して逃げて行くなんて、ずいぶん大胆な奴だなあ」

「ねえ、ヒロミ、矢口浩美に扮装《ふんそう》した縁で、犯人捜しを手伝ってよ」

「おい！　冗談じゃないぜ。犯人捜しなんて、警察の――」

と言いかけて、ぼくはハッとした。

あの男……。予備校で、ぼくの顔を見てチョークのケースを落とした男のことを思い出したのだ。

4

「――ああ、あの人？」

　と、予備校の事務の女の子は肯いて、

「あれは、ここのお掃除なんかに来ている人なの。今日はお休みよ」

「そうですか。どこに住んでるか、分りますか？」

「分るけど……何の用？」

「この間、模擬テストのとき、定期入れ落としちゃったんです。――あの人が、拾ったらしくって、『これは誰のだ』って訊いてたんですけど、ぼく、まさか自分だと思わないから、そのまま帰っちゃって。後で、気が付いたんです」

「そうなの。じゃ訊いてみてあげようか。――あ、電話ないんだ、あの人」

「行くから、住んでる所、教えて下さい」

　メモをもらって、事務室を出る。外で亜希子が待っていた。

「ここだ。行ってみよう」

とぼくはメモを見せた。

「名前は？　――浅野。ふーん。でも、何か関係あると思う？」

「分んないけど、全然関係ない人なら、あんなにびっくりしないと思うよ」

とぼくは言った。

そこの住所を目当てに捜して行くと、何だか傾きかけたような、バラック風のアパートだった。

「この一階だ。一〇四。――ここか」

〈浅野〉という表札があって、ドアを叩《たた》くと、中から、

「ああ」

と、返事があった。しかし、一向にドアは開かない。

もう一度叩くと、

「勝手に入んな」

と、声があった。

開けると、プンとアルコールの匂《にお》い。といっても、化学教室のそれと違って、要するにお酒の匂いが充満しているのである。

「――誰だ？」

あの男が、もう相当へべれけの感じで、酔っ払っている。何とも薄汚ない部屋であった。

「矢口浩美さんのことをうかがいたいんですけど」

亜希子がズバリと切り出した。これが効いた。浅野はギョッとして、

と思わず訊き返していた。あわてて口をつぐんだが、もう遅い。

「浩美の？」

と、亜希子が訊く。

「浩美さんとどういうご関係なんですか？」

浅野は、亜希子とぼくの顔を交互に眺めていたが、やがてヒョイと肩をすくめて、

「――どうやら、警察の人間でもねえようだな。話してやるよ。浩美は俺の娘だ」

ぼくたちは顔を見合わせた。

「――本当だぞ。子供のころ、矢口の養子にしたんだ。うちは貧乏で、しかも俺が病気で倒れたんでな」

「でも……それなら、どうしてこんな所にいるんです？」

「浩美は何も知らなかったのさ。だから、俺も黙っていた。――どうしてここへ来た

んだね」

　亜希子が事情を説明すると、浅野は短く笑って、

「じゃ、あの女の子は、お前か。びっくりしたぜ。こっちは新聞で浩美が死んだのを知ってたからな」

「あそこで働いてたのは、偶然ですか？」

「いや、一度会いたくってね。しかし、矢口の方じゃ、絶対に会わせてくれん。それで色々考えたんだ。何か手はないか、と。——調べてみると、浩美があの予備校へ通っているのが分った。で、そこで掃除をやる人間を募集してたから、雇ってもらったのさ。

　それももうどうでもいい……」

　と浅野はやけ酒をぐいとあおった。

「体こわしますよ」

　と、亜希子が顔をしかめて言った。

　アパートを出て、ぼくは首を振った。

「あの矢口浩美ってのも、かなり屈折してたんだな」

　少し歩きかけて、亜希子は振り返った。

「変よ」

「え？」

「カーテンが閉ってる」

「どういうこと？」

「さっき、あの部屋、カーテンは開いてたわ。こんな昼間にどうして閉めるの？」

「行ってみよう」

急いでアパートへ戻ると、浅野の部屋のドアを開けた。倒れている浅野の上に、誰かがかがみ込んでいた。

ぼくらが入って行くと、ハッと振り向いたのは——

「先輩！」

と、亜希子が叫んだ。

本間だ。本間が、浅野の首をしめようとしていた。

「だめですよ！」

と、亜希子が飛び込む。ぼくもそれにつづいた。

「こいつだ！　こいつなんだ！」

と、本間は、必死でしがみつくぼくと亜希子を振り離そうとしながら、「あのとき、包みを届けに来たのは、こいつなんだ！」

と怒鳴《どな》った。

その間に、あえぎあえぎ逃れた浅野は、泣きながら、

「俺が……俺が……殺したんだ」

と呟《つぶや》くようにくり返していた。


「女って怖いなぁ」

と、ぼくは言った。

「お互い様よ。殺したのは男でしょ」

と、亜希子が言い返す。

ぼくらは、公園のベンチに座って、黄昏《たそがれ》の空を眺めていた。

矢口浩美は、ときどき浅野が自分の方を見つめているのに気付いていて、あの日、浅野を、家へ呼んで、二階へ上げていたのだった。そこへ、本間が来る。

本間の別れる決心が変らないと知ると、自分の部屋へ上った浩美は、待たせておいた浅野へ抱きついて来た。

浩美は、浅野に抱かれているところを、本間に見せつけてやろうとしたのだ。浅野

は驚いた。

　自分の娘がこんな女だったのかと知ったとき、これは自分の罪だと思ったらしい。それなら娘を殺して自分も死のう、と、浩美を絞め殺した……。

　だが、殺してしまうと恐ろしくなった。下へ降りて行こうとしたが、もし本間と出くわしたら、と思って、怖かった。それで、手近にあった包みを手にして、出て来たらそれをぶつけてやろう、と降りて行ったのだった。

「でも、なぜ戻ったのかしら？」

　と、亜希子が言った。

「え？」

「浅野が、よ。戻って、本間さんに顔を見られるのよ。そのまま逃げちゃえばいいのに」

「娘の恋人の顔が見たくなったんじゃないかな。それとも、自殺する度胸はないから、誰かに捕まえてほしかったのかもしれない」

「本間さんも、私たちの後つけて来たりして……。たとえ殺人犯だって、殺せばただじゃ済まないのにね」

「本当は、彼女のこと、好きだったんだよ、きっと」

とぼくは言った。

「でもさ、ぼくが女装したおかげで解決したようなもんだぞ」

「あら、それを頼んだのは私よ」

――ぼくらの押し問答は、暗くなるまで続いた。

気が付くと、周囲はアベックで一杯になっていて、ぼくらはあわてて公園から逃げ出したのだった。

本書は１９８３年5月角川書店より刊行されました。なお、本作品はフィクションであり実在の個人・団体などとは一切関係がありません。

徳間文庫

名《めい》探《たん》偵《てい》はひとりぼっち

2022年6月15日 初刷

著者 赤《あか》川《がわ》次《じ》郎《ろう》
発行者 小宮英行
発行所 株式会社徳間書店
東京都品川区上大崎三―一―一 〒141―8202
目黒セントラルスクエア
電話 編集〇三(五四〇三)四三四九
販売〇四九(二九三)五五二一
振替 〇〇一四〇―〇―四四三九二
印刷 大日本印刷株式会社
製本

ISBN978-4-19-894745-3 (乱丁、落丁本はお取りかえいたします)

徳間文庫の好評既刊

赤川次郎

一日だけの殺し屋

　社運をかけ福岡から羽田空港へやって来たサラリーマンの市野庄介。迎えに来るはずの部下の姿が見えない。「ここにいらしたんですか」と見知らぬ男に声をかけられ、新藤のもとに案内されるが、部下の進藤とは似ても似つかぬ男が！「あなたにお願いする仕事は、敵を消していただくことです」まさか凄腕の殺し屋に間違えられるなんて！　普通の男が巻きこまれるドタバタユーモアミステリ！